귀정,
추모에서 일상의 기억으로

KB074050

귀정,
추모에서 일상의 기억으로

< 89. 11. 26>

고단하지만, 감격에 찬 하루였다.
사랑한 깨스를 맡으며, 정신없이 뛰어다닌 하루였지만,
그래도 보람이 있었다.
청량리에서 그 많은 사람들이 외쳐댔던 민주화나
통일에의 열망이 결코 헛되지 않을것이라 믿고 싶다.
역사를 움직이는 '민간대중'의 힘을 믿고.
끊임없이, 모든 불의와 타협하지 않는, 투쟁하는 내가,
되고 싶다.

귀정 2021 준비위원회 엮음

가끔 내가 정말 싫어질때가 있다.
적어도 나라는 인간은, 넓은 가슴과 포용력으로 사람을
대하는. 인자함으로 똘똘 뭉친. 그리고 신망있고
꾸겨받는 사람인줄 알았다.
이런 것들이 얼마나 교만하고 자기중심적인 사고 인가.를
미처 깨닫지 못했다.
끔터 여긴 사람으로 살고자 했건만 허황된 욕심으로 가득찬
나의 머리는. 정작. 실천에 있어서 비겁했다.
몸처럼 치도록 부끄럽다 지나간 시간들이.

오늘. 정말 기분이 나빴다.
그렇지만. 모두를 용서해야겠다 나 또한 잘 한것이
하나도 없기 때문이다.
좀더 밝게 살자. 감사하고 베풀면서.

앨피

우리 안에, 귀정 貴井

1991년 5월 25일.
"성대 여학생 김귀정 시위 중 사망"
그날 언론 보도 제목이다.

30년 세월이 흘러 추모집을 낸다.

원고를 읽었다. 힘들었다.
백병원 영안실, 쇠파이프를 든 사수대의 앳된 얼굴과 최루탄 냄새로 울었다. 빗속 대성문 앞 아스팔트에 무릎 꿇고 귀정이를 학교에 들어갈 수 있게 해 달라던 여학생들의 모습이 떠올라 원고를 놓고 밖으로 나갔다.
읽다 말고, 다시 읽고, 그러다 보니 오래 걸렸다.

1987년 6월항쟁으로 대통령 직선제를 쟁취하였다. 그러나 양김 분열로 노태우가 대통령이 되었다. 노태우 정권 4년 차인 1991년 봄 강경대 열사 사망으로 5월투쟁이 불붙었다. 노태우 정권은 최대 위기를 맞았다. 그러나 김지하의 죽음의 굿판을 걷어치우라는 요설, 서강대 박홍 총장의 죽음의 배후 망언, 정원식의 달걀 밀가루 뒤집어쓰기, 김기설 유서대필 사건 조작으로 91년 5월투쟁의 불꽃은 가뭇없이 꺼진 듯하였다.

1991년 봄, 귀정 어머니와 우리 곁에 계셨던 많은 분들이 세상을 떠났다. 문익환 목사님, 계훈제 선생님, 이소선 어머님, 백기완 선생님, 천승세 선생님, 오대영 선배님….

그럼에도 우리는 1997년 김대중 국민의 정부, 2002년 노무현 참여정부를 만들었다. 이 나라는 91년 봄의 강경대, 박승희, 이정순, 김귀정 열사를 민주화운동관련자로 인정하였다. 이명박 정권에 맞서 "대한민국은 민주공화국이다" 노래 불렀고, 촛불로 박근혜를 파면하고 감옥에 보냈다. 법원은 유서대필 사건 피고인 강기훈에게 재심 무죄판결을 하며 사과했고 국가배상판결을 선고하였다.

1991년 5월 투쟁의 불씨는 꺼지지 않았다.

우리 안에 김귀정은 살아 있다.

민주주의는 피를 먹고 자라는 나무다.

촛불로 세운 문재인 정부는 기대를 저버리고 실망을 안겨 주었다. 그러나 민주주의는 비틀거리며 넘어졌다 일어나 걷는 길이다.

우리 안에, 귀정貴井

우리 안에 귀한 우물

생명수 한 바가지 길어 올리는 우물

그 우물에 비친 우리 얼굴을 본다.

그리고 엄지 귀정의 목소리를 듣는다.

'귀정 2021 준비위원회' 이재필 집행위원장과 준비위원 여러분, 그리고 글을 주신 박래군, 김윤철 님, 아픈 기억 되살려 추억을 남겨 준 서양원, 김연희, 박인호, 홍승아 님을 비롯하여 기억과 추억, 생각과 다짐의 글을 준 모든 이들 고맙고, 고맙습니다.

2021년 5월

'귀정 2021' 공동준비위원장

이덕우

차례

5 추모에서 일상의 기억으로

6 새로운 다짐

귀정의 삶,
기억 또는 추억

성균관 대학교 독어독문학과 88 0기102
김 귀 정.

김귀정 열사 약력

1966년 서울 출생

1985년 무학여고 졸업

1985년 한국외국어대 입학 후 휴학

1988년 3월, 성균관대학교 불어불문학과 입학

1989년 심산연구회 회장 역임

1990년 동아리연합회 총무부장 역임

1991년 5월 25일, '공안통치 민생파탄 노태우정권 퇴진을 위한 제3차 범국민
대회'에 참가하여 시위 도중 대한극장 부근에서 백골단의 토끼몰이식
진압에 의해 사망

1991년 6월 12일, 마석 모란공원 안장

1993년 2월 25일, 성균관대학교 명예졸업

2001년 민주화운동 관련자 인정

2014년 11월 10일, 이천 민주화운동기념공원 민주묘역 이장

| 김연희 역사교육 93 |

반짝반짝 빛나던 아이

1966년 8월, 김귀정은 아버지 김복배 씨와 어머니 김종분 씨 사이에서 둘째 딸로 태어났다. 위로는 언니 김귀임과 아래로는 동생 김종수가 있다.

김귀정에게 가족이 유복했던 기억은 없다. 월급쟁이보다는 개인사업을 하고 싶었던 아버지의 도전은 번번이 실패했고, 집안의 생계는 어머니의 몫이 되었다. 어쩔 수 없이 노점 행상에 나선 어머니. 김종분 씨가 하루도 빠

어린 시절의 김귀정. 왼쪽부터 언니 김귀임, 동생 김종수, 김귀정.

지지 않고 길 위에서 보낸 시간들이 가족의 버팀목이 되었다.

하루하루 힘겹게 이어 갔던 나날들. 그러나 김귀정에게서 가난의 그림자를 찾을 수는 없었다. 생업 때문에 바쁜 부모님과 함께 보내는 시간은 적었지만 내가 해야 할 일은 스스로 해내는 법을 일찌감치 터득했다. 그리고 특유의 밝고 명랑한 성격으로 친구들과도 잘 지내면서 자아를 채워 갔다.

어린 시절 김귀정이 살았던 곳은 소위 '달동네'라고 불리던 곳이다. 학교에서 가장 가난한 학생들이 살았던 동네. 친구들 또한 김귀정과 다를 바 없는 형편의 아이들이었을 것이다. 훗날 알게 된 사실이지만 김귀정과 함께 어울려 놀고 공부했던 친구들은 대부분 모범생으로 성장해 대학에 진학하고 지금은 사회에서 제 몫을 다하며 살고 있다고 한다.

교실에서 친구들과 함께한 고등학생 김귀정
(왼쪽).

가난했지만 성실했고 적극적이었던 친구들과 보냈던 소중한 시간. 김귀정이 삶 속에서 보여 준 끈기와 강단은 그 시절부터 다져진 것이 아니었을까?

그러나 미래의 꿈을 향해서만 달려가기에는 쉽지 않은 삶이 계속되면서 김귀정의 성격도 조금씩 변하기 시작했다. 사춘기가 되면서 소꿉친구가 아닌 다른 친구들은 집에 데리고 오지도 않았던 김귀정은 어느새 남에게 지기 싫어하는 욕심 많은 여고생으로 성장했다.

김귀정은 그 무렵부터 어머니에게 노점 일을 그만두라고 자주 권했다고 한다. 하지만 삶이 나아질 다른 방편이 없다는 것 또한 모르지 않았을 것이다. 눈을 뜨면 높은 현실의 벽을 마주해야 했지만 결코 벗어날 수 없음을 받아들이고 맞서야 했다.

1985년 고등학교를 졸업한 뒤에는 한국외국어대학교 용인캠퍼스 불문과에 입학했다. 그러나 어머니는 여전히 거리의 좌판에서 가족을 책임지고 있었고, 언니도 대학을 포기하고 사회생활을 하고 있던 상황 속에서 자기 욕심만 고집할 수는 없었다. 결국 김귀정은 학교에 다닐 수 없다고 판단하고 중퇴했다.

학교를 그만둔 뒤에는 누구보다 열심히 살았다. 자동차 정비소에 사무직으로 취직해 낮에는 직장 생활

1985년 외국어대 입학식에서 기념 촬영한 김귀정.

을, 밤에는 또 다른 아르바이트를 하면서 부모님을 도왔다. 악착같이 일했고, 악착같이 공부했던 시절, 바쁜 하루를 보내면서도 대학의 꿈을 버리지 않았던 김귀정은 3년 뒤인 1988년에 성균관대학교 불문과에 입학하게 되었다.

너였기에 더 좋았던 시간

다시 대학생이 되었다고 상황이 나아진 것은 아니었다. 여전히 돈을 벌어야 했고, 전공 공부까지 해야 했기에 여유와 낭만을 찾기는 어려울 것 같았다. 그런 김귀정이 선택한 것은 동아리 활동이었다. 통일연구 동아리인 심산연구회에서 새로 시작한 대학생활의 첫걸음을 내딛었다.

아마도 김귀정이 동아리 활동, 심지어 운동권 동아리 활동을 잘할 거라고 생각한 이들은 많지 않았을 것이다. 그도 그럴 것이 동기들보다 두세 살 많은 나이, 등록금을 벌기 위해 빠질 수 없었던 아르바이트는 아무래도 제약이 될 수밖에 없었기 때문이다. 그럼에도 불구하고 김귀정은 누구보다 열심히 동아리 활동을 이어 갔다.

동아리 활동을 시작한 지 얼마 지나지 않았을 때의 일이다. 총학생회에서 '영구 분단 전쟁교육 전방 입소 거부 투쟁'을 하며 대

동아리 심산연구회 선후배들과 함께한 MT.

학본부 점거농성에 돌입했다. 대학본부에서 밤을 보내는 선배와 동기들에게 김귀정은 매일 아침 직접 싼 도시락을 갖다주었다.

김귀정의 정성은 동아리 엠티MT에서도 빛을 발했다. 집에서 반찬을 바리바리 싸 가지고 온 김귀정 덕에 동기 선후배들은 매 끼니 풍족한 식사를 할 수 있었다. 심지어 아르바이트 때문에 엠티에 참여하지 못할 때에도 먹을거리를 잔뜩 챙겨서 청량리역으로 배웅하러 갈 정도로 주변을 잘 챙겼다. 김귀정은 전공 수업에 아르바이트까지 병행하면서도 누구보다 열심히 동아리 생활을 했다.

아무리 동기라고는 하지만 나이가 세 살이나 많은 김귀정은 동기들에게 언니였고, 누나였다. 실제로 1학년 초에는 동기들이 '언니', '누나'라고 부르며 따랐다고 한다. 힘든 일이 있으면 동기들은 김귀정을 찾았고, 김귀정은 가족처럼 그들과 함께 고민을 나누었다. 그러던 중 2학기에 새로 들어온 나이 어린 동기 한 명이 '귀정아'라고 불렀을 때도 싫어하지 않았다. 그렇게 자연스럽게 동기들 사이에서 '귀정이'가 되었고 그만큼 더 가까워졌다. 김귀정에게 호칭은 중요하지 않았다. 그저 함께 마음을 나누고 가치관을 나누는 동지임이 더 중요했다.

이런 내가 되어야 한다

많은 이들이 독재정권과 맞섰던 시절, 가정형편 때문에 대학을 포기하고 생업 전선에 뛰어들어야 했던 김귀정은 어느새 극렬 운동권이 되어 버린 고등학교 친구를 보면서 '어떻게 사람이 저렇게 변할 수 있을까?' 생각하기도 했다. 감상적인 운동권 대학생들은 노동자의 생존권을 이야기하지만 '나는 내가 먹고살아야 한다'고.

김귀정이 다시 대학생이 되고 심산연구회 활동을 하면서 운동적 삶을 고민하는 동안, 그 고등학교 친구는 수배자가 되었다. 대학생이 되어 공부하고 토론하며 한국 사회의 모순과 가려진 진실을 머릿속으로 인식하고 있는 동안 그 친구는 가슴으로 움직이며 발로 뛰는 진정한 청년 지식인이 되어 있었던 것이다.

친구를 통해서 들여다본 자신의 모습이 부끄럽다고 고백하며 지금의 생활에 만족한 채 주저앉을 수만은 없을 것 같다고 다짐한 김귀정은 그 후 사회의 진보를 위해 투쟁하는 청년 운동가의 길을 걷기로 결심한다.

내가 걷는 길

대학생으로, 바쁜 생활인으로 살아가면서 동아리 활동을 통해 사회의 모순과 개혁에 관심을 갖게 된 1학년 시기를 지나 2학년이 되면서, 삶에 대한 김귀정의 고민도 깊어졌던 것으로 보인다.

대부분의 남자 동기들은 군대에 가고 여자 동기들도 학생회로 자리를 옮기면서 김귀정은 심산연구회 회장이 되어 동아리방을 지켰다. 더 많은 것을 책임져야 하는 자리를 맡으면서 김귀정은 동아리 활동을 넘어 실천하는 운동가로서의 삶을 고민하기 시작했다.

여전히 혹독한 삶 속에서도 물러서지 않고 동기와 선후배, 그리고 조직을 챙기며 논리로서의 운동이 아니라 '변하지 않는 신념'을 지닌 운동가로 살아가기 위해 내면을 단단하게 다져 나갔다.

심산연구회 회장을 할 때 김귀정의 아버지가 갑자기 돌아가셨다. 늘 주변 사람들을 챙겨 왔던 김귀정이었지만, 정작 그의 아버지가 돌아가셨다는 소식을 주변 사람들은 나중에야 들을 수 있었다고 한다. 동료들의 크고 작은 일에 기꺼이 발 벗고 나섰던 김귀정은, 자신의 아픔으로 부담을 주고 싶지 않았던 것 같다.

아버지가 돌아가시면서 집안 사정은 더욱 어려워졌지만 김귀정은 흔들림이 없었다. 여전히 잘 나서는 성격은 아니었으나 소리 없이 주변을 챙겼고, 궂은일을 마다하지 않았으며, 동아리연합회 활동까지 하면서 자신을 강하게 단련시켰다.

김귀정은 여전히 우리 주변 어디에나 있었고, 무엇이든 하고 있었다.

불안과 다짐 사이

깊고 조용한 눈동자, 반듯한 이목구비, 옅은 미소. 단아한 표정으로 정면을 바라보며 동아리연합회 부회장 선거 출마를 위해 찍은 사진이 불과 반년 뒤 자신의 영정 사진이 될 거라고 상상이나 했을까?

당시 학생회 간부가 된다는 것은 많은 것을 포기해야 함을 의미했다. 수배와 구속의 위협 속에서 나 자신을 버려야 하는 일이기도 했다. 이 모든 부담을 감수하고 선거에 출마했으나 아쉽게 낙선한 뒤 김귀정은 자신이 어떤 길을 걸어야 할지 본격적으로 고민하기 시작했다. 동기들보다 3년이나 늦게 들어온 학교에서 4학년을 앞두고 있던 김귀정에게도 현실적인 문제들이 찾아온 것이다.

동아리연합회 선거 출마를 위해 찍은 사진.

'이제 나는 뭘 하고, 뭘 먹고 살아야 할까'

여전히 가난했던 형편 속에서 사회로 나가는 출구 앞에 선 김귀정은 미래를 향한 불안 속에서도 끝까지 변함없는 운동적 삶을 살아가기로 결심했다.

실제로 김귀정은 열악해진 심산연구회로 돌아가 처음부터 다시 시작하려는 의지를 보였으며, 1991년 4월에는 '조국의 평화와 자주적 통일을 위한 성균관대학교 학생추진위원회'의 정책 담당을 맡아 활동했다.

잔인했던… 봄

1991년 4월 26일 명지대학교 1학년 강경대가 죽었다. 등록금 인상 반대투쟁을 벌이다가 구속된 명지대학교 총학생회장의 석방을 요구하는 시위 도중, 대학생이 된 지 두 달이 채 안 된 신입생이 백골단의 집단구타로 사망한 것이다. '보통 사람의 시대'라고 했지만 더 잔인했던 노태우 정권에 분노한 학생과 시민, 노동자, 재야 인사 등이 참여한 대규모 시위가 전국적으로 이어졌다.

1991년 5월 25일.

그 전날 김귀정은 심산연구회 방에서 후배들과 밤새 토론했다고 한다. 당시 성균관대학교 학생추진위원회가 5월 대동제 기간에 대중적 행사로 기획한 '통일방안 심포지엄'에 제출할 통일정책 초안을 작성하기 위한 토론이었다. 떠오르는 해를 보면서 집으로 간 김귀정은 잠시 눈을 붙였다.

어머니 김종분 씨는 그날을 이렇게 회고했다.

"밤새 뭘 하고 들어왔는지 오자마자 자빠져 자드라고. 오후 2시에 깨워 달라고 하면서 말이여. 너무 피곤하게 자길래 깨울까 말까 하다 깨웠더니 지지배가 부시시 일어나더니 목욕탕에 가서 샤워를 하더라고…. 그러곤 잘 안 입던 치마를 입고 나가더니만 금세 들어와서 청바지에 티셔츠로 갈아입고 나갔어. 또 데모하러 나가는가 싶었제. 그럴 줄 알았으면 더 자빠져 자게 내버려 두는 건데…."

1991년 5월 25일 '공안통치 민생파탄 노태우 정권 퇴진을 위한 제3차 범국민대회'에서 곤봉과 최루탄으로 토끼몰이식 폭력진압을 하고 있는 전투경찰.

김귀정이 치마를 입고 나갔다가 돌아와서 청바지로 갈아입었던 그날은 전국적으로 '공안통치 민생파탄 노태우 정권 퇴진을 위한 제3차 범국민대회'가 열린 날이다.

비가 내리는 가운데 퇴계로에서 5시경 시작된 시위. 수만 명의 시위대와 이들을 진압하기 위해 동원된 수천 명의 전투경찰이 뒤섞인 퇴계로 일대는 그야말로 아수라장이었다. 경찰은 시위대를 양쪽에서 압박하면서 진입했고, 꼼짝없이 포위된 시위대는 대한극장 맞은편의 좁은 골목길로 달아날 수밖에 없었다. 경찰은 골목의 입구를 막은 채 최루탄과 사과탄을 시위대의 머리 위로 터뜨리며 방패와 곤봉으로 무자비하게 구타했고, 시위대는 골목길에 주차된 자동차와 짐더미들 사이에서 도망가지도 못한 채 하나둘 쓰러져 갔다. 전경과 백골단의 토끼몰이식 폭력 진압

속에 쓰러진 김귀정은 다시 일어나지 못했다.

잔인했던 1991년 봄의 마지막 희생자, 김귀정의 나이는 스물여섯이었다.

어떻게 살아갈 것인가

김귀정의 20대를 관통하는 삶의 질문은 어쩌면 이것이 아니었을까?

'어떻게 살아갈 것인가?'

남 앞에 잘 나서지는 않았지만 그렇다고 뒤로 물러서지도 않았고, 말이 많지는 않았지만 무심하지도 않았던 김귀정은 대학 생활과 동아리 활동을 통해 사회의 방관자에서 현실의 참여자로 변화해 갔다.

누구보다 치열하게 살면서 끊임없이 성찰하고 자신의 고민과 신념에 대해 끊임없이 되물으며 답을 찾고자 노력했던 김귀정. 어떤 문제가 있더라도 흔들림 없이 헤쳐 나가겠다는 의지를 담아 운동가로서의 실천적 삶을 살겠다고 다짐했던 김귀정. 그렇게 김귀정은 내가 아닌 남을, 우리를 위해 살아야겠다고 스스로 약속하며 자신의 길을 걸어갔다.

미래에 대한 불안 속에서도 '나의 일신만을 위해 호의호식하며 살지만은 않을 것'이라며 10년 후 자신의 모습을 그렸던 김귀정이 세상을 떠난 지 30년. 자신을 향해 꾹꾹 눌러 썼던 그의 다짐은 어쩌면 살아 남은 우리의 숙제가 아닐까?

따스하고 치열했던
귀정과의 추억

| **서양원** 심산연구회·동철 85 |

1991년 5월 말 새벽, 백병원 영안실은 고요했습니다.

영안실 안팎의 사수대원들이 누울 공간을 찾아 누적된 피로를 푸는 시간, 상주 역할을 했던 '심산연구회' 선후배들은 문상객을 맞기 위해 영안실을 지키고 있었습니다.

새벽녘이면 문상객도 없어 하염없이 영정 속 귀정이 얼굴을 보았습니다. 영정 속에서 금방이라도 "양원이 형!" 하며 나올 것 같은 귀정이. 선잠에서 깨면 "귀정아 네가 왜 거기에 있느냐"라며 몇 번이고 묻곤 했습니다. 그리고 영정 속 사진이 아닌 평상시 귀정의 얼굴, 귀정의 표정, 귀정이와 함께했던 추억을 가슴에 담으려 애썼습니다.

첫 만남, 나이 많은 신입생

1988년 3월 말 동아리 회원 모집이 한창일 때, 후배 태미(불문 87)에게 나이 많은 여자 신입생이 있는데 한 번 만나 달라는 부탁을 받았습니다. 87학번들이 '나이 많은 여학생'을 신입생으로 받는 것이 부담스러워 결론을 미루고 있었나 봅니다. 다음 날 문과대 앞에서 기다리고 있는데 학생들 사이로 부끄러운 듯 배시시 웃으며 다가오는 여학생이 있었습니다. 귀정이었습니다.

햇살이 있었으나 바람이 차서 조금 쌀쌀한 날씨였습니다. 작은 키에 작은 얼굴, 옅은 화장을 하고 큰 귀걸이에 폭이 넓은 바지를 입고 있었습니다. 바람에 펄럭이던 바지의 마찰음이 기억납니다. 생각보다 앳된 얼굴이었고 배시시 웃는 모습이 아주 선한 인상이었습니다. 정작 첫 만남에서 어떤 말을 주고받았는지는 정확하게 기억나지 않습니다.

귀정이가 학생운동을 하는 친구 이야기를 했습니다. 학생운동으로 수배 중이던 고등학교 친구가 아르바이트하는 곳에 찾아왔는데, 도움을 주고 싶었지만 해 준 것이 없어 미안했다는 것이었습니다. 귀정이는 '심산연구회'가 어떤 활동을 하는 동아리인지 알고 있었던 것 같습니다(이찬호(불문 86)의 얘기에 따르면 1988년 3월 초에 귀정이가 좋은 동아리를 소개시켜 달라고 부탁해서 심산연구회를 추천해 줬다고 합니다). 그렇지만 '운동권 동아리인 심산연구회에서 귀정이가 오래 생활할 수 있을까?'라는 의문이 들었습니다. 당시 '학번 문화'가 일반화되어 있었기에 귀정이가 헤쳐 나가야 할 문제들이 많았고, 그것을 돌파해 나가는 건 오로지 귀정이의 몫이었기 때문입니다.

배시시 웃는, 우수에 깃든…

귀정이 얼굴이라면 익히 보아 왔던 영정 속 사진이 가장 먼저 떠오릅니다. 동아리연합회 부회장 출마를 위해 찍은 사진이니 전문 사진사가 찍었을 것입니다. 단아하면서도 야무진 모습입니다. 동아리 활동을 하면서 옆에 앉아 있던 귀정이, 일상을 함께 했던 사진 속 귀정이는 살갑습니다. 귀정이는 작은 키에 갸름한 얼굴, 전체적으로 부드러운 인상입니다. 말을 많이 하지도 않았고 농담을 즐겨하지도 않았고 과격한 표현도 잘 쓰지 않았습니다. 주로 상대의 말을 경청하거나 자신의 생각을 평범한 단어로 표현하려고 애썼던 것으로 기억합니다. 동료 선후배와 만나 이야기하고 토론하고 더불어 활동하는 것을 좋아했습니다.

내 기억 속 귀정이는 배시시 웃는 모습입니다. 한껏 웃는 표정을 지을 때도 있었지만 우수에 깃든 표정을 보일 때가 가장 많았

습니다. 한껏 웃는 모습은 두세 차례뿐이었던 것 같고, 이해하거
나 충분히 할 수 있다는 의미로 배시시 웃는 표정을 짓곤 했습니
다. 우수에 깃든 표정은 귀정이 삶의 현실을 의미했던 것 같습니
다. 아르바이트로 학비를 벌어야 하고 심산연구회에서 적극적으
로 활동도 해야 하고, 시간은 유한한데 해야 할 일은 무한한 힘
든 상황이 숨길 수 없는 표정으로 드러났던 것 같습니다. 개인적
으론 수줍은 듯 배시시 웃는 표정이 좋았습니다.

끊임없는 성찰, 치열한 삶

첫 만남 이후 귀정이가 심산연구회 생활을 지속할 수 있는지에
대해 회의적이었습니다. 80년대 당시 나이 많은 신입 여학생이
학번 중심인 학생회나 동아리 활동을 적극적으로 하는 경우가
드물었기 때문입니다. 군부독재가 30여 년 지속되는 상황에서
계급으로 표현되는 군사문화의 잔재가 대학에서도 학번 중심의
문화로 잔존하였습니다. 군대를 갔다 온 예비역이나 또래보다
나이가 많은 학생들은 학생회 활동이나 동아리 활동에서 소극적
일 수밖에 없었습니다.
　귀정이는 같은 학번 학생에 비해 나이가 두세 살 많았고, 또
아르바이트를 하며 학비를 벌어야 하는 상황이었습니다. 아르바

이트를 해야 하고 동기들보다 두세 살 많은 여학생이 학생운동을 한다는 것은 당시에는 불가능에 가까웠습니다. 그럼에도 귀정이는 이 상황을 극복하고 학생운동에 적극적으로 투신합니다.

귀정에게 학생운동을 하게 된 이유를 물어본 적은 없지만, 귀정이가 쓴 글을 보면 그 마음을 알 수 있습니다. 심산연구회 구성원들이 고민을 적어 놓은 〈심산끼리〉에 남긴 글, 귀정이의 일기와 편지를 통해 강직한 귀정이의 마음을 알 수 있습니다. 귀정이의 글은 주위 동료, 사회에 대한 끊임없는 성찰로 일관되어 있습니다.

사회적 약자에 대한 애정이 사회구조 변혁을 위한 실천으로 승화했고, 어쩔 수 없이 해야만 했던 아르바이트를 하면서도 마음의 중심은 항상 변혁운동에 있었습니다. 이러한 마음가짐이 귀정이를 둘러싼 여러 가지 악조건을 극복하는 힘이 되었고 주위 선배, 동료, 후배들의 진솔한 배려가 어우러져 상승작용을 했던 것 같습니다. 귀정의 대학생활을 한 마디로 표현하면 '끊임없는 성찰을 통한 치열한 삶'이라고 할 수 있을 것 같습니다.

서울역 대합실의 김밥

귀정이와 함께했던 엠티는 먹을 것이 충분했습니다. 80년대 엠티를 가면 보통 첫날 준비한 식량의 대부분을 식사와 술안주로

DATE
NO.

90. 2. 7.

'아르바이트' 없는 세상에 살게 해주세요 를 외치며.
내키지 않는 발걸음로. 가락동으로. 둔촌동으로버스를 기다리며
곰처럼 움직이지 않는 시계바늘만을 쳐다보다 하루를 보냈다.
아르바이트를 하지 않는다면 지금 보단 훨씬 더 열심히.
동아리일을 꾸려나갈수 있을 것 같았고. 금터 여유있게.
살아갈수 같았기 때문에. 지금의 나의 처지나 환경들이.
원망스럽기 그지없다.

그렇지만 지금의 나의 이러한 원망들이 잘못된. 생각이고.
철저하게 나의 시간들을 다스리지 못했기 때문이란걸 안다.
매매일 매일의 생활이. 게으름과 변명으로 일축되 있으면서도.
그것을 고치려는 나의 노력이라면. 얼마나 있었을까.
완벽하게 교인처럼. 살아가자는 아니더라도. 적어도.
내가 해내야 할 것들에. 얼마만큼의 정성과 열거를.
쏟아붓았는가를 생각하면. 너무도. 부끄러워진다.
매일 밤 플우걸의 메모를 들추다. 밤 늦게 귀가하는.
똑같은 생활. 때련은. 위선적이고 가식적인 나를 단적으로.
표현하는. 결과물일게다.
지금의 나의 상황을 기쁘게 받아들이자. 이것들 모두. 나를.
강하게 훈련시킬 수 있는. 아주 적절한. 기리라 생각하며.
나. 환경으로 인해. 나의 사업을 방기하지 말자.
정말 나의. 잠재력과 가능력을 믿고. 열심히 생활해야겠다.

시간을 다스리자.
약속은 목숨을 걸고. 지키도록 하자.
내 책임에 대해 척선을 다하고. 방만함으로 인해
지키지 못한것들에 대해 변명 하지말자.

심산연구회 MT. "귀정이와 함께했던 MT는 늘 세끼를 배불리 먹을 수 있었습니다."

동내고, 다음 날은 라면으로 때우곤 했습니다. 심산연구회 엠티
도 예외는 아니었습니다. 그러나 귀정이와 함께했던 1988년부
터는 세끼를 배불리 먹었던 기억이 납니다. 귀정이가 집에서 반
찬을 바리바리 싸 온 덕에 풍족하게 먹을 수 있었습니다. 비록
만들지는 못했지만 자장면을 한다며 춘장을 챙겨 오기도 했고,
매 끼니 다른 메뉴를 준비해 왔습니다.

1990년 방위 시절, 여름의 토요일 5시경 따스했지만 덥지 않
은 날이었습니다. 전북대학교 앞 서점에서 만나기로 약속하고
먼저 도착하여 책을 보고 있었습니다. 서점 문이 열리면서 "서양
원!" 하고 외치는 소리와 함께 아주 밝게 웃으며 귀정이가 들어
왔습니다. 사람들의 시선이 집중된 것도 잠시, 우리는 서점을 나
와 전북대 교정을 걸으면서 학교 이야기, 심산연구회 이야기 등
을 나누었습니다.

저녁으로 삼겹살을 먹었습니다. 남을 만큼 풍족히 먹었던 것 같습니다. 내가 귀정에게 밥을 사 준 몇 안 되는 기억 중에 하나입니다. 밤이 깊어 귀정이를 혼자 보낼 수 없어 같이 전주역에서 기차를 타고 새벽녘에 서울역에 도착했습니다. 귀정이를 보낸 뒤 남원행 기차를 예약하고 대합실에서 비몽사몽 졸고 있었습니다. 기척이 느껴져 눈을 뜨니 귀정이가 쇼핑백을 들고 서 있었습니다. 쇼핑백에서 무언가를 꺼내 내 손에 쥐어 줬습니다. 따끈따끈한 김밥이었습니다. 몸도 피곤했을 텐데 집에서 만든 김밥을 들고 다시 서울역까지 온 것입니다. 김밥을 같이 먹고 귀정의 배웅을 받으며 기차를 탔습니다. 김밥도 따스했고 마음도 따스했습니다.

고민이 담긴 편지

1988년 7월, 뜻하지 않은 편지가 도착했습니다. 여름 농촌활동을 떠난 귀정의 편지였습니다. 타원형 편지지에 그림이 그려져 있는, 당시 유행하던 모양의 편지지였던 것 같습니다. 귀정 특유의 글씨체를 알았기에, 이름을 보든 안 보든 귀정이였습니다.

  모내기, 밭매기, 아동반 활동, 모기와의 사투 등 농활에 대한 즐거운 투정이 담겨 있는 편지였습니다. 친구 영림의 표현을 빌려 쓴 얘기가 재미있었습니다.

"요번 농활 와서 크게 느끼고 결심한 게 있어요. 절대로 농군 한테는 시집 안 가겠다는 것!"

힘들다는 것을 이렇게 표현할 수도 있구나라며 한참 웃었던 기억이 납니다. 방위 시절에 편지 왕래가 많았습니다. 학교와 심산연구회 이야기가 대부분이었습니다.

태연이 면회 갔던 이야기, 준경 등 선배들이 휴가 나와서 같이 어울렸던 이야기, 학생회장 선거 이야기, 후배랑 함께 가두시위 나갔던 이야기, 심산 동기 만나러 울산 갔던 이야기, 장형이 군대 간 이야기, 미연이 이야기 등…, 귀정의 따스한 마음이 느껴집니다.

1990년 11월 마지막 편지에는 활동가로서 귀정의 고민이 담겨 있습니다. 친했던 선배·동기와 다른 조직을 선택한 이야기, 조직 내부의 민주적 의사 결정에 대한 이야기, 좋아했던 선배와 연애 감정을 정리한 이야기를 담담하게 써 내려갑니다. 이런저런 고민을 한다가 아니라, 어떠한 문제가 있더라도 흔들림 없이 헤쳐 나가겠다는 의지가 읽힙니다. 아마 이 시기에 운동가로서 실천적 삶을 살겠다고 결정한 것 같습니다.

마지막 만남

1991년 4월 초, 군 생활을 마치고 울산에 있을 때였습니다. 현

"힘들고 어려울 때 저를 일으켜 세우며
힘을 주었던 사람은 훌륭하신 많은
선배님들이기도 했지만
때론 나의 후배들 또한 나약한 나에게
용기를 준 사람들이지요.
근데 나는 나의 선배들에게
그런 후배가 되지 못하는 것 같아요…."

"부녀반 모임을 위해서
온 동네 호별 방문을 하고 그래도
뿌듯하고 흐뭇한 마음에
낮에 있던 노동도
모두 잊은 듯도 합니다.
심산 사람들이 보고 싶어요"

대자동차 앞 염포동에 살고 있었는데 4월 말에 귀정이가 내려왔습니다. 내가 먼저 보자고 했는지, 귀정이가 먼저 보자고 했는지 기억이 나지 않습니다. 다만 귀정이를 만나면 해 주고 싶은 얘기는 있었던 것 같습니다. 귀정이 나이도 있어서 남자 친구를 소개해 주고 싶었고, 4학년이니 졸업 후 어떻게 살 것인지 얘기도 듣고 싶었습니다. 저녁도 같이 먹고 술 한 잔 하면서 이런저런 이야기를 나눴습니다. 강경대 열사를 비롯해 많은 분들이 노태우 정권의 탄압에 죽음으로 항거하던 때라 시국에 관한 이야기, 다치지 말고 열심히 싸우라는 이야기, 졸업 후 노동운동하는 것도 진로의 하나라는 이야기 등, 많은 대화를 나누었습니다.

술자리 도중 귀정이가 선물이라며 가방 속에서 책 두 권과 중국 백주白酒를 꺼냈습니다. 책은 《새벽》과 《노동해방문학》이었습니다. 당시 《새벽》과 《노동해방문학》은 정치적 입장과 조직을 달리하는 대표적인 노동전문지였습니다. 두 책을 선물로 준 이유를 묻지는 않았지만, 여러 입장을 섭렵하고 폭넓게 사고하고 노동운동을 하라는 의미가 아니었을까 짐작합니다. 백주는 1991년 초에 동아리연합회에서 중국으로 수련회를 다녀왔는데 그때 사 온 것이라고 했습니다. 두 달 넘게 고이 모셔 두었다가 선물로 준 것이 너무 고마웠습니다. "다음에 울산에 내려오면 백주로 포도주를 맛있게 담궈 주마" 했습니다. 중국 영화 〈붉은 수수밭〉

이 떠올라 정말 백주에 불이 붙는지 궁금해서 귀정이랑 실험했던 것도 생각이 납니다. 실제로 불이 붙었습니다. 그해 말 백주로 포도주를 담궈 같이 활동하던 울산 친구들과 마셨습니다.

그날 귀정에게 남자 친구를 소개시켜 줬습니다. 성실하고 착한 친구라 잘 어울릴 것 같았습니다. 그 친구는 귀정이가 괜찮다고 했는데 귀정이는 시큰둥했던 것 같습니다.

1991년 5월 말, 백병원

귀정이 사망 소식을 들은 건 5월 26일 낮이었습니다. 집에 신문도 텔레비전도 없던 때였습니다. 같이 활동하던 친구가 '성대생 김귀정을 아느냐, 어제 시위 도중 사망했다'는 소식을 전했습니다. 너무나도 급작스럽고 황망한 소식이라 믿을 수가 없었습니다.

떨리는 마음으로 심산연구회 후배들에게 전화를 했습니다. 통화가 안 되거나 통화가 되면 '약속이 있어 나갔다'는 부모님의 말씀뿐이었습니다. 와전된 이야기일 거라고 내 자신에게 몇 번이고 주문하며 누나에게 전화했습니다. 신문 내용을 한 글자도 빠짐없이 읽어 달라 했습니다.

'김귀정 학생 시위 도중 사망',

'성균관대 불문과 4학년'

김귀정의 사망을 보도한 《한겨레신문》 1991년 5월 26일 기사(왼쪽), 백병원 영안실에서 큰 충격을 받고 오열하시는 어머님과 가족들.

'백병원 영안실'

울산터미널로 달려가 보니 일요일이라 서울행 버스표가 이미 매진이었습니다. 동대구행 버스를 타고 동대구역에서 서울역행 기차를 탔습니다. 기차가 너무 더디 갑니다.

지난 24시간의 모든 일들이 꿈이기를 빌었습니다. 신문에 나온 기사가 오보나 거짓 소식이길 빌었고, 현재 벌어지고 있는 모든 상황이 나를 놀리기 위한 상황극이길 빌었습니다. 서울역이 다가오면서 제발 숨이라도 붙어 있기를 바랐습니다.

택시를 타고 백병원 골목에 도착하니 바리케이드 너머 성대생들이 사수투쟁을 벌이고 있었습니다. 영안실로 가는 곳곳이 온통 귀정이 사진으로 덮혀 있었습니다.

'아, 진짜 귀정이가 우리 곁을 떠났구나'

인정할 수 없었지만 사실이었습니다. 영정 앞에 향을 피우고 절을 했습니다. 상주석에 있는 재민이 형과 한참을 부둥켜 안고 울었습니다.

심산연구회 선후배들은 밤낮없이 상주석을 지켰습니다. 영안실 옆에 있는 방에 어머님이 계셨습니다. 문을 열고 나오시는 어머님의 표정은 황망함 그 자체였습니다. 축 늘어진 어깨와 초점 없는 눈, 피곤이 겹쳤던지 걸음걸이도 불안해 보였습니다. 유가협 어머님들을 비롯하여 여러 재야 어르신들이 방문하여 어머님께 힘을 보태 드렸습니다. 어머님 곁에 항상 난희 선배가 있었습니다. 시간이 지나면서 어머님의 표정이 점차 평온해졌습니다. 6월 초, 어머님이 성대 학생들에게 인사해야 한다며 금잔디광장 집회에 가신 적이 있습니다. 혹시 경찰들이 어머님을 납치할 수도 있어서 나를 포함하여 심산연구회 몇 명이 같이 모시고 갔습니다. 야간 집회였는데

성균관대 금잔디광장 집회에서 연설하시는 어머니.

연단을 제외하고 금잔디광장이 사람들로 가득 메워져 있었습니다. 어머님이 소개되자 누구 할 것 없이 모두 일어나 '사람 사는 세상이 돌아와'로 시작되는 〈어머니〉 노래를 불렀습니다.

"고맙습니다. … 성대 학생들도 귀정이랑 같은 내 아들딸이니 제발 다치지 말기를 바랍니다."

비장하면서도 감동적인 연설이었습니다.

만약에 …

귀정이는 항상 내 마음 깊은 곳에 자리하고 있습니다. 육신은 떠났지만 기쁘거나 슬플 때도 항상 곁에 있었습니다. 귀정이의 얼굴을 떠올릴 때면 요즘은 영정 속 귀정이 얼굴이 먼저 떠오릅니다. 순간 귀정에게 미안해집니다. 함께 생활했던 모습이 떠올라야 하는데 영정 속 모습이 먼저 떠오르니 말입니다.

가끔 생각해 봅니다. 만약에 귀정이가 마음속이 아니라 우리 옆에 있었다면…. 세월호 어린 넋을 같이 추모했을 것이고, 추운 겨울 촛불을 들며 박근혜 탄핵 집회도 같이 갔을 것입니다. 집회 후 따뜻한 국물에 소주 한 잔 기울였을 것입니다. 에너지 넘치는 귀정이가 심산연구회 선후배들을 못살게 굴었을 것 같습니다. 꽃 피는 봄이면 꽃 구경 가자고, 가을이면 단풍 구경 가자고 몇 번이고 전화했겠지요. '심산=통일'이니 아마 금강산이며 개성이며 백두산도 갔을 것입니다. 물론 귀정이가 작지만 큰손으로 김밥이며 과일이며 푸짐하게 준비했을 것입니다.

담담하게 쓸 수 있을 것 같았는데, 쓰면 쓸수록 어렵습니다. 1988년 3월부터 1991년 5월까지 보이건 보이지 않건 귀정이가 늘 곁에 있다고 생각했습니다. 때론 모진 소리도 했을 것입니다. 그래도 그때는 만나서 따뜻한 말을 나눌 기회가 충분하다고 생각했습니다. 갑작스럽게 우리 곁을 떠나기 전까지는.

귀정이와 얽힌 일들을 생각하면서 그때 눈이라도 한 번 더 마주치고, 한 마디 더 하고, 한 마디 더 듣고, 한 시간 더 같이 있었더라면 하는 바람이 머리에 가득 차 글이 써지지 않았습니다.

귀정의 글과 일기와 편지를 읽으며, 그 마음에 이입하며 귀정의 행동과 생각을 따라가 봅니다. 때론 울컥하고 때론 잔잔한 미소가 드리웁니다.

그래도 귀정이가 내 마음속에 살아 있어 행복합니다.

사랑 하나는
마음껏 베푼 아이[*]

| **박영균** 심산연구회 · 행정 87 |

엄지손가락만큼 작다 하여, 어느 만화 여주인공만큼 착하고 헌신적인 사랑을 가졌다 하여 '엄지'라 불렸던 나의 동아리 후배. 운동하는 학우들 대부분이 그렇듯, 저녁 대신 막걸리 서너 잔 마셔 버리고 노래 몇 곡 뽑다가 취한 후배 등 두들겨 주던, 잘나지도 못나지도 않은, 어디서나 흔히 만날 수 있는 아주 평범했던 후배. 그 후배가 어느 날 갑자기 '열사'가 되어 나에게 다가왔다.

　나는 이러한 느낌에 대해 다시 곰곰이 생각하며 몇 마디를 떠올린다. "아무것도 아니었던 한 사람이 어느 날 갑자기 열사까지 되는구나"라며 냉소하는 사람들에게 이제 그녀의 생활사를 이야기하고 싶다.

---

[*] 이 글은 1991년 《성대신문》에 기고한 것이다.

1988년 3월 말 동아리 공개 모집을 시작했고, 나는 막무가내로 지나가는 사람을 잡아 놓고 짧은 면담을 했다. 짧은 커트 머리 귀정이도 그렇게 처음 만났다. 대부분의 신입생이 들뜬 상태로 여러 가지 질문을 하곤 했지만 귀정이는 차분하게 듣고만 있었다. 면담 반응이 별로 없어 기대하지 않았는데 그날 저녁 첫 모임에 참석했고, 그제서야 나는 귀정이가 1966년 백말띠라는 것을 알았다. 그녀는 새로 시작한 대학 생활의 첫발을 그렇게 내딛었다.

여러 명의 신입회원을 받은 지 며칠 되지 않아 우리는 곧장 '양키의 용병교육 전방입소 거부 투쟁'으로 대학본부 점거농성에 돌입했다. 일주일 동안 빼놓지 않고 우리들의 아침 도시락을 싸 오던 귀정이를 잊을 수 없다. 동그랑땡을 손수 만들고, 게맛살을 준비하고…, 그러한 정성은 우리의 투쟁을 더욱 힘 있게 만들었고, 별거 아닌 투쟁 같은데 왜 자신의 기득권을 해치려 하냐는 귀정이의 질문에도 우리는 자신 있게 떳떳하게 이야기할 수 있었다. 그리고 그해 '문무대'와 '전방입소' 교육은 마감을 짓게 되었다. 귀정이의 정성과 우리의 투쟁과 선배들의 투쟁과 백만 학도의 투쟁이 만들어 낸 열매였다.

귀정이는 학습에 있어서 크게 '똑똑한' 편은 아니었다. 문제 제기에서도, 막힌 문제의 실마리를 푸는 역할에서도 뛰어나지 않왔다. 그러나 솔직히 말하자면 학습 준비에서는 누구보다 전투적이었다. 토론 약속을 어기거나 정리를 해 오지 않는 일은 거의 없었다.

그녀는 심산연구회의 살림꾼으로서 항상 만족했다. 나이가 많아서인지 같은 '88학번' 동료들은 귀정이에게 많은 조언을 구했다. 뒷산에서, 금잔디광장 둘레에서 심각하게 얘기하다가 동아리방에 웃으면서 들어오는 귀정이와 동료들을 볼 수 있었다. 특히 인간관계를 강화하고 동아리 사업을 총평·계획하는 모꼬지(엠티)나 합숙에는 가장 적극적이었다. 심산연구회는 이 시절에 가장 잘 꾸려지고 있었다.

귀정이가 가장 힘들었던 때는 자신이 회장을 하던 1989년이었던 것 같다. 대부분의 88학번 남자들은 군대를 가고, 여자 동료들은 학생회로 공간 이동을 시작했다. 그러나 그보다 힘들었던 것은 운동적 삶을 제반 관념적 고민으로 포기하는 것이었다.

내 생각에 이때부터 그녀에게 '악'이 생기게 된 것 같다. 물론 그것은 이제부터 모든 것을 자신이 책임져야 한다는 책임감의 발로였으나, 작은 것에도 민감해지면서 오히려 더 힘들게 사는 것도 같고, 때론 후배들과 갈등을 겪기도 했다. 이 즈음에 나는 학생회에 있으면서 심산연구회가 이전보다 잘 안 되고 있다는 소리를 그녀나 후배, 혹은 다른 사람들에게 자주 들었다. 그러나 내가 도움을 준 것은 전혀 없고 그녀의 고민을 술자리에서 제대로 듣지도 못했다. 단지 가끔 동아리방에 올라가 보면 빈방을 홀로 지키던 귀정이가 기억날 뿐이다.

1989년에는 귀정이 아버님마저 돌아가셨다. 집안 사정이 더욱 어려워졌지만 그녀의 생활과 투쟁은 흔들림이 없었다. 이미 어엿한 여성 전사로서 커 가고 있었다. 레스토랑에서 일하면서 '돈 벌러 대학에 왔는데 이젠 대학 다니려고 돈을 벌어야 하는' 현실에 더욱 분노하고, '그 시간에, 후배들 더 만나고 투쟁을 더 했으면…' 아쉬워했다. 그러나 집에서도 학교에서도 힘든 내색을 하지 않았다. 월급날엔 동대문시장에서 어머니 혹은 동생 남방 사는 것, 후배들에게 술 한 잔 사는 것, 그리고 그녀 자신의 유일한 소유욕인 레코드판 사는 것을 잊지 않았다.

그렇게 시간은 갔다. 동아리연합회 총무일까지 하는 등 자신을 더욱 강하게 단련시키면서 그렇게 시간이 흘렀다. 그리고 어느 날 그녀는 3천 동아리인 앞에 당당히 섰다. 흰 저고리에 검은 통치마. 그것은 한민족의 정신이었고, 조국통일의 상징이었다. 그리고 그녀는 말했다.

"어렸을 적엔 〈캔디〉 나오는 텔레비전 시간을 기다리던, 조금 자라서는 〈사랑과 야망〉을 기다리던, 그러나 지금은 이 땅 한반도의 민주와 통일을 기다리는 기호…"

동아리연합회 선거에서 낙선한 뒤 귀정이는 자신의 '전망'에 대해 본격적으로 고민하기 시작했다.

"운동은 논리가 아니다. 논리는 변할 수 있는 것, 운동이 논리라면 그 논리가 잘못된 것이다. 언젠가 생각한다면 그 사람의 삶은 180도 변하게 될 것이다. 그러나 운동은 변하지 않는 신념이다. 나에게 중요한 것은 논리적으로 타당한 무엇을 '선택'하는 문제가 아니라 끝까지 운동적 삶을 살아가느냐의 문제다."

그녀의 이러한 생각은 운동과 그 삶을 이론이나 논리로 따져 보려는 지식인과 그 소시민적 사고에 대한 준엄한 비판이며, 그녀 자신의 삶이 새로운 단계로 발전하는 도약의 과정이자 가장 실천적인 결론이었다고 본다. 실제로 귀정이는 그 후 열악해진 심산연구회로 '내려와' 처음부터, 밑바닥부터 다시 시작하려는 의지를 보였다.

소박한 성격 탓에 남 앞에 잘 나서려 하지 않았던 아이, 말이 없었으나 무심하고 무책임하지 않았던 아이, 가난했으나 사랑 하나는 마음껏 베푼 아이, 작은 분노를 미제와 노태우에게 커다란 분노로 돌리려 했던 아이, 어떤 일로 투쟁에 동참하지 못했을 때 겸허하고 솔직하게 반성하는 아이, 밤을 새며 '통일 방안'을 토론하는 전투적인 아이, 이러한 모습은 결코 특출난 영웅만의 모습이 아니며 식민지 조국의 이름 없는 모든 전사들의 모습이다. 그러나 역사는 이렇게 이름 없는 들꽃처럼 살다 간 사람들의 투쟁으로 만들어진 것이며, 우리의 삶은 바로 그 위에서 가능하다고 할 때 영웅은 일개인이 아니라 그 모든 전사들의 집성이자 총체이다.

　귀정이의 죽음은 단지 많은 사람이 갖고 있는 실천적 운동성의 측면이 '죽음'을 대가로 더욱 미화된 것이 아니라, 4천만 민중과 7천만 민족을 여전히 죽음으로 몰아 가고 있는 현실을 집성하고 총화한 모습, 직업병과 농약·쇠 파이프에 죽어 가는 이름 없는 죽음의 현실을 총화한 것 속에서 그 의미를 찾아야 한다. 미제와 노태우에 의한 죽음의 공포는 4천만, 7천만 어느 누구도 예외로 하지 않기 때문에, 하여 4천만을 한 가슴에 안고 7천만을 또 한 가슴에 안으려 했던 귀정이의 뜨거웠던 사랑, 그러나 평범하고 소박했던 그 사랑 속에서, 흔히 곁에서 볼 수 있던 학우가 '어느 날 갑자기' 열사가 되어 나타나는 현실을 뜨거운 분노로 느낄 수 있어야 한다. 운동과 그 삶을 느끼는 것은 이제는 '논리'가 아니라 실천적인 '신념'이기 때문에.

②

1991년 5월투쟁과
김귀정

성균관 대학교   佛文科 88 학기02
김 귀 정。

< 89. 11. 26>.

고단하지만. 감격에 찬 하루였다.
시랄한 깨스를 맡으며. 정신없이 뛰어 다닌 하루였지만.
그래도 보람이 있었다.
청량리에서 그 많은 사람들이 외쳐댔던. 민주화나
통일에의 열망이 결코 헛되지 않을것이라 믿고 싶다.
역사를 움직이는 `인민대중'의 힘을 믿고. ~~~~~.
끊임없이. 모든 불의와 타협하지 않는. 투쟁하는 내가.
되고 싶다.

가끔 내가 정말 싫어질때가 있다.
적어도 나라는 인간은. 넓은 가슴과 포용력으로 사람을.
대하는. 인자함으로 똘똘 뭉친. 그리고 신망있고.
존경 받는 사람인줄 알았다.
이런 것들이 얼마나 교만하고 자기중심적인 사고 인가를.
미처 깨닫지 못했다.
끔터 여건 사람으로 살고자 했건만. 허황된 욕심으로 가득찬.
나의 머리는. 정작. 실천에 있어서 비겁했다.
몸처럼 치도록 부끄럽다 지나간 시간들이.

오늘. 정말 기분이 나빴다.
그럴지만. 모두를 용서해야겠다 나 또한 잘 한것이
하나도 없기 때문이다.
좀더 밝게 살자. 감사하고 베풀면서.

91년 5월투쟁의 복원을 위하여

| 박래군 '인권재단 사람' 소장 |

김귀정에 대한 기억

김귀정은 '유가협'[1] 식구들에게는 낯익은 얼굴이었다. 1990년 가을 성균관대에서 열린 대동제에 유가협 어머니들이 장터를 마련했다. 파전을 부치고 막걸리를 팔아서 기금을 마련하려는 자리였다. 그 주점을 준비하면서 성균관대 동아리연합회의 김귀정을

---

[1] 유가협은 1986년 8월 12일 창립된 민주화운동 과정에서 돌아가신 열사들의 유가족들로 구성된 단체다. 자결한 열사들, 공권력에 의해 사망한 열사들을 비롯해 의문사당한 이들의 유가족들이 포함되어 있다. 유가협은 민주화운동 과정에서 열사들의 뜻을 계승하기 위한 지난한 투쟁들을 이어 왔다. 1991년에는 이소선 어머님이 이 단체의 회장이었다. 유가협의 공식 명칭은 처음에는 '민주화운동유가족협의회'였다가 1991년 당시에는 '전국민족민주유가족협의회'란 명칭을 사용했다. 지금도 이 이름을 쓰고 있다.

알게 되었다. 그는 당시 유가협 사무국 활동가가 운영하던 성균
관대 앞 카페 '마른 잎 다시 살아나'에서 아르바이트도 했었다.
이런저런 일로 유가협의 회원들은 그를 알고 있었다.

유가협은 1991년 4월 27일 연세대 대강당에서 〈어머니의 노
래〉란 노래 공연을 준비하고 있었다. 유가족인 어머니, 아버지들
이 겨우내 연습하며 준비했던 공연이었다. 돌아가신 열사들을
투쟁 현장에서 외치는 것이 아니라 문화적인 방식으로 공연을
통해 대중에게 알리자는 취지였다. 공연 리허설을 하던 중에 강
경대 사망 소식을 들었다. 강경대의 시신이 세브란스병원 장례
식장에 안치되고 연세대학교는 투쟁의 중심 거점이 되었다. 치
열한 투쟁의 현장에서 공연을 제대로 치를 수가 없었다.

유가협은 그날 이후로 세브란스병원 영안실에 주로 있으면서
5월투쟁의 시기들을 함께해 갔다. 특히 전국에서 분신 자결하였
다는 소식이 들릴 때마다 유가협의 부모님들은 너무 고통스러웠
다. 먼저 죽어 간 자식의 고통이 그 죽음들 위에 겹쳐졌다. 5월투
쟁 내내 유가협의 부모님들은 죽어 간 젊은이들의 투쟁 정신을
지켜 내기 위해 혼신의 힘을 다했다. 그리고 호소했다. '더 이상
죽지 말자, 죽을 힘이 있으면 싸우자'는 게 유가협의 호소였다.
투쟁이 어려운 국면으로 넘어가고 있어서 유가협은 더욱 안타까
워하고 있었다.

김지하가 조선일보에 〈죽음의 굿판을 걷어치워라〉라는 칼럼을 게재했을 때 유가협 부모들은 누구보다 분노했다. 용서할 수 없는 변절로 받아들였다. 5월투쟁의 기간 내내 현장을 지키던 유가협 회원들은 5월 18일 이후 투쟁의 파고가 낮아진 상황에서 잠시 숨 고르기를 하고 있었다.

그러던 중 김귀정의 사망 소식을 들었다. 처음 이름만으로는 누구인지를 몰랐으나 얼굴 사진이 알려졌을 때 유가협 부모님들은 경악했다. 그분들이 알던 김귀정이었기 때문이다. 유가협 부모님들에게 짧지만 함께했던 기억이 분명한 학생이 노상에서 경찰들의 폭력에 의해서 죽임을 당한 것이었다. 다시 유가협은 김귀정의 시신이 안치되어 있던 명동 백병원 영안실로 가야 했다. 그리고 그곳에서 세 차례에 걸친 백골단과 경찰의 새벽 공세를 같이 맞고 이겨 냈다.

당시 정부 당국은 이 사건을 조기에 수습하여 국면을 전환하고자 했다. 그러기 위해 시신을 탈취하여 국과수에 넘기고 시위 중에 사망한 것이 아니라 평소 지병으로 죽었을 것이라는 결론을 내려 투쟁의 열기를 잠재우려 했다. 그런 조급증이 김귀정의 시신 탈취 기도로 나타났다. 다행히 성균관대 학생들의 치열한 투쟁으로 노태우 정권의 시신 탈취 기도는 무산되었다.

그렇지만 객관적인 정세는 운동사회에 불리하게 돌아갔다. 이미 식어 버린 투쟁의 열기는 다시 살아날 줄 몰랐고, 거기에 '정원식 사건'²이 결정적으로 불리하게 작용했다. 결국 6월 7일 부검을 통해 사인을 밝히려고 했으나 국과수 측 부검의는 최루탄 등의 질식사로는 보이지 않는다면서 정권에 유리한 입장을 밝혔다. 사인 공방을 계속할 수 있는 상황은 아니었다. 6월 12일 김귀정의 장례식이 열렸고, 마석 모란공원에 안장되었다.³

91년 5월투쟁은 왜 기억되지 못하는가?

에릭 홉스봄Eric Hobsbawm은 1980년대부터 1990년대 초반의 시기를 그의 저서에서 "산사태"로 표현했다.⁴ 자본주의와 사회주의 진영으로 나뉘어 대결하던 냉전질서가 붕괴되고 있었다. 국제적으로는 1989년 동서독을 분단하고 있던 베를린장벽이 붕괴되어 독일이 재통일되고, 소비에트사회주의공화국연방(소련)이 해체되어 가던 격동의 시기였다. 한편 제3세계로 불리는 아시아와

---

² 6월 3일 한국외국어대를 방문한 정원식 총리(서리)에게 대학생들이 밀가루와 달걀을 투척한 사건.
³ 김귀정 열사는 마석 모란공원에 안장되어 있다가 이후 이천 민주화운동기념공원으로 이장되었다.
⁴ 에릭 홉스봄, 《극단의 시대: 20세기 역사-하》, 이용우 옮김, 까치, 1997.

라틴아메리카 등지에서는 오랜 군부독재 시기를 넘어서 민주화 과정에서 홍역을 치르고 있었다. 산사태가 벌어지는 것 같은 거대한 변화의 소용돌이가 세계를 휩쓸던 1991년, 한국에서는 거대한 대중투쟁이 폭발했다.

"1991년 5월투쟁은 노태우 정권을 정치적 위기 상황으로 몰아간 제6공화국 최대의 대중투쟁으로 이른바 '백골단'에 의해 강경대 사망 사건이 발생한 4월 26일부터 투쟁지도부가 명동성당에서 완전히 철수하는 6월 29일까지 약 60여 일에 걸쳐 전개되었다. 1991년 5월투쟁은 명지대생 강경대 군 치사 사건이 대중적 공분을 획득하면서, 이를 계기로 노태우 정권 집권 후반기에 집중적으로 표출된 공안통치적 폭압과 각종 비리와 실정(수서비리 사건과 페놀 사건, 민자당 당권 다툼 등), 그리고 물가 폭등과 주택 문제 등 민생파탄의 지속에 대한 누적된 분노가 반독재민주화투쟁과 결합되어 표출된 사건이다."[5]

1991년 5월, 아니 거의 두 달 동안 전국에서 항쟁이 일어났다. 그 항쟁은 처절했다. 1991년 4월 26일 명지대 학생 강경대의 죽음부터 두 달 사이에 11명이 자살하고,[6] 3명이 공권력에 의해 타

[5] 민주화운동기념사업회 연구소 엮음, 《한국민주화운동사 3》, 돌베개, 2010, 464쪽

[6] 임미리, 《열사, 분노와 슬픔의 정치학》, 오월의봄, 2017. 356쪽의 표 참조. 이 시기 자살한 사람들은 박승희(전남대, 4월 29일), 김영균(안동대, 5월 1일), 천세용(경원대, 5

살되었다. 이 기간 동안 전국에서 2,361회의 집회가 열렸으며 한때는 최대 40만 명이 시위에 참여해서 '노태우 정권 타도'를 외쳤다. 상황이 이렇게 전개되자 제2의 6월항쟁이 일어나는 게 아닌가 하는 관측까지 나오기도 했다.

하지만 91년 5월투쟁으로 노태우 정권은 물러나지 않았으며, 도리어 그해 6월 20일에 실시된 광역의회 선거에서 민주자유당(민자당)이 압승하면서 투쟁을 주도했던 민주화운동 세력에게 심각한 상처를 남기며 정리됐다. 민주화운동 세력은 정권의 반격을 이겨 내지 못한 채 '패륜 집단'으로 대중에게 인식되었다. 이 운동에 참여했던 학생운동 활동가들을 비롯한 운동사회의 주역들은 91년 5월투쟁에 대한 극심한 패배감을 안고 운동전선에서 이탈해 갔다.

이후 91년 5월투쟁은 운동사회 내에서도 적극적으로 공유되고 평가되기보다는 각기 다른 평가와 침묵 속에서 묻혀 갔다. 91년 5월투쟁은 깊은 아픔으로 남아 있다. 오히려 기억하기 싫은

월 3일), 김기설(전민련, 5월 8일), 윤용하(성남피혁, 5월 11일), 이정순(한독산업, 5월 18일), 김철수(보성고, 5월 18일), 차태권(전일여객, 5월 18일), 정상순(노동자, 5월 22일), 이진희(삼미기공, 6월 8일), 석광수(공성교통, 6월 15일) 등이다. 이 시기에 4월 26일 명지대생 강경대, 5월 25일 김귀정이 시위 도중에 경찰에 의해서 타살되었고, 5월 6일 한진중공업 노조위원장 박창수는 안양병원에서 의문의 죽임을 당했지만 서울구치소 수감 중에 병원으로 옮겨지고 죽음을 맞았다는 점에서 타살자로 분류했다.

투쟁으로 남아 있는 것처럼 보인다. 이것은 6월항쟁이 박종철, 이한열의 아픈 죽음이 있었지만 전두환 정권을 끝내고 민주화의 과정을 연 민주항쟁으로 평가되고 공유되는 것과는 대조적인 현상이다. 그러다 보니 6월항쟁은 6월 10일이 국가기념일로 지정되고 국가 차원의 기념행사를 비롯해 민간의 다양한 기념행사들이 이어져 오는 데 비해서, 기간도 길었고 비극적인 죽음도 훨씬 많았던 91년 5월투쟁을 기억하는 행사는 일부 운동사회 안에서만 아주 소극적으로 이루어져 왔다.

91년 5월투쟁의 전개 과정[7]

당시의 정세

노태우 정권은 1987년 12월 선거를 통해 집권했으나, 1988년 4월 열린 13대 국회의원 선거에서 야당이 의석의 다수를 차지하는 여소야대 국면을 맞았다. 여소야대 국회에서 '광주민주화운동진상조사특별위원회'(광주특위)와 '제5공화국에 있어서의 정

---

[7] 이 부분은 민주화운동기념사업회가 펴낸 《한국민주화운동사 3》(돌베개, 2010) 중 제4부 제2장 〈노태우 정권 하의 민주화운동〉에서 제시된 시기 구분을 그대로 따랐다. 이 부분은 성공회대학교 조현연 교수가 정리했다. 하지만 내용은 조현연 교수가 정리한 것을 요약한 것이 아니라 필자의 생각을 정리한 것이다.

치권력형 비리조사 특별위원회'(5공청산특위)가 활동하면서 노태우 정권의 뿌리라고 할 수 있는 1980년 광주학살의 진상이 국회에서 공개적으로 논의되고, 제5공화국 시기의 부정부패와 인권 유린이 폭로되는 등, 집권 초반기에 노태우 정권은 야당의 공세에 끌려가는 형국이었다. 정치적으로 매우 취약했던 노태우 정권은 광주학살과 '5공 비리'의 주범 전두환의 백담사 유배로 정치적 위기를 돌파하려 했고, 1990년에는 통일민주당의 김영삼, 자유민주연합의 김종필과 '3당 합당'을 하여 민주자유당(민자당)을 출범시켰다. 3당 합당으로 인해서 국회 의석 수는 여대야소로 인위적으로 재편되었고 평화민주당은 고립되었다.

하지만 노태우 정권은, 3당 합당으로 탄생한 민자당이 정국의 주도권을 행사하지 못하고, 각종 권력형 비리 사건이 터져 나오면서 10퍼센트 대의 지지율밖에 얻지 못하는 상황에 처했다. 1987년 노동자대투쟁을 통해 만들어진 민주노조들은 1990년 전국노동조합협의회(전노협) 등으로 세를 결집하여 노태우 정권과 대결해 갔다. 또한 새롭게 시민사회단체들이 속속 결성되면서 사회운동의 흐름이 변화하고 있었다. 이전 정부가 학생운동과 재야 세력의 저항을 상대해야 했다면, 이제 노태우 정권은 이들뿐 아니라 노동운동 · 시민사회운동의 비판과 저항에도 직면하게 됐다. 1988년까지 유화적인 태도를 취하던 노태우 정권은 급기야 공안통치를 강화해 갔다. 정권에 비판적인 세력에 대한 공공연한 물리적 탄압을 자행하면서 정권 유지에 급급한 상황들이 1991년까지 지속되었다. 이미 노태우 정권에 대한 분노가 들끓고 있었다.

투쟁의 개시 및 확산기(4월 26일~5월 4일)

4월 26일, 등록금 인상 반대투쟁을 전개하다가 구속된 총학생회장의 석방을 요구하면서 교문 시위를 벌이던 강경대 군이 이른바 백골단(경찰 사복체포조)의 쇠파이프에 맞아 사망하는 비극적인 사건이 발생했다. 강경대 군의 사망은 우연적인 사건이 아니라, 노태우 정권의 말기적인 공안통치의 폭압성에 그 원인이 있었다.

이 사건이 발생하자 사회운동단체들은 4월 27일, '고 강경대 열사 폭력살인 규탄 및 공안통치 종식을 위한 범국민대책회의'(이하 대책회의)를 연세대에서 결성하였고, 대책회의는 주도적으로 노태우 정권 퇴진투쟁을 치열하게 전개하였다. 박승희, 김영균, 천세용 등 대학생들이 연이어 분신을 하면서 노태우 정권에 대한 투쟁을 촉발시켰다. 4월 29일, 5월 1일, 5월 4일 등의 집회에 전국적으로 수십만 명이 참여하면서 노태우 정권에 대한 분노가 확산되고 투쟁이 고조되어 갔다.

투쟁의 고양기(5월 9일~5월 18일)

5월투쟁은 고양기를 맞고 있었다. 5월 9일 전국 42개 시군에서 30만 명이 참여하고, 5월 18일 5·18국민대회에는 전국 81개 시군에서 40만 명 이상이 투쟁에 참여하는 등, 국민대회마다 수십만 명이 참여하면서 열기가 높아 가고 있었다. 거리에서 벌이는 치열한 집회와 시위만이 아니라 노동조합의 파업과 전교조 교사들의 학교 내 토론회, 학생들의 민자당사 점거농성, 전경들의 양심선언, 각계 각층의 성명서 발표 등이 이어졌다. 참여 계층도 학생, 교사, 노동자, 농민, 여성, 문화예술인 등 전 분야로 확산되고, 서울만이 아니라 광주·부산 등의 대도시와 전국의 시군으로 확대되었다. 이때의 주된 구호는 '해체 민자당 타도 노태우'였고, '백골단 해체'도 주요한 요구 사항이었다.

위기에 몰린 노태우 정권은 운동진영의 도덕성을 공격하는 전술로 대응했다. "주목할 것은 고양되는 정세 속에서 전면적이고 노골적인 탄압 대신에, 투쟁의 발전을 차단하고 냉각시키는 언론 조작과 이데올로기 공세가 치밀한 계획 아래 이 시기에 집중적으로 나타났다는 점이다."[8]

---

[8] 민주화운동기념사업회 연구소 엮음, 《한국민주화운동사 3》, 469쪽.

먼저 선공에 나선 이는 김지하였다. 과거 유신독재정권에 저항하는 저항시를 발표하고 박정희 정권에 의해 탄압을 받음으로써 상징적인 역할을 했던 김지하는 5월 5일자 《조선일보》에 '죽음의 굿판을 걷어치워라'라는 제목의 칼럼을 게재했다. 곧이어 김기설의 죽음을 계기로 서강대 총장 박홍 신부가 "지금 우리 사회에는 죽음을 선동하는 어둠의 세력이 있다"며 기자회견을 했다. 김지하와 박홍의 공개적인 발언은 위기에 몰린 노태우 정권에게는 천군만마와 같은 효력을 발휘했다. 노태우 정권의 폭력적인 공안탄압에 비판적이었던 여론이 일순간 운동진영에 대한 비판으로 옮겨 가기 시작했다. 검찰은 김기설의 유서를 전민련 동료인 강기훈이 대필하였다고 몰아갔다(강기훈 유서대필 조작 사건).[9] 동료의 자살을 방조하는, 동료의 목숨마저도 운동에 이용하는 패륜적인 집단이라는 덫을 걸어 버린 것이다.

---

[9] 검찰은 5월 8일 서강대에서 분신 자결한 전민련 김기설의 유서를 같은 조직의 동료인 강기훈이 대필해 줬다는 혐의를 씌워 강씨를 구속, 기소하였다. 강기훈 씨는 억울함을 호소하면서 명동성당에서 농성을 하다가 6월 25일 검찰에 출두한다. 이후 법원에서 국과수의 문서 필적 감정을 근거로 강씨에게 징역 3년형을 선고했다. 이후 2007년 '진실·화해를 위한 과거사정리위원회'가 국과수의 문서 감정이 조작되었음을 밝혀냈고, 이를 근거로 재심 청구를 통해 2015년 대법원에서 무죄가 확정되었다.

투쟁의 퇴조기(5월 25일~6월 26일)

5월 18일까지 고조되던 투쟁은 급격히 약화되었다. 먼저 고강도의 투쟁이 지속되다 보니 운동 주체들의 피로감이 커졌고, 분신 등의 극한적인 죽음들도 투쟁을 촉발하기보다는 대중들에게 공포로 다가왔다. "죽음과 폭력으로부터 분노와 공포를 경험하고 그것을 제거하기 위해 봉기했지만, 연속적인 분신은 대중에게 공포를 불러일으켰다."[10]

5월투쟁을 이끌었던 대책회의는 투쟁의 거점을 연세대에서 명동성당으로 옮기고 상설투쟁체로 전환하였지만 5월 18일 이후 급격히 식어 가는 투쟁 열기를 되살리기에는 역부족이었고, 도리어 분신배후설과 유서대필 조작설에 대응하기에도 급급한 양상을 보였다. 5월 25일 '폭력살인 민생파탄 노태우 정권 퇴진 제3차 국민대회'에 참가했던 성균관대생 김귀정이 경찰의 토끼몰이식 진압 과정에서 사망하는 사건이 발생했지만, 한 번 식어 버린 국민들의 투쟁 열기는 좀처럼 되살리기 어려웠다.

그러던 중 6월 3일 외국어대를 방문한 정원식 총리(서리)에 대한 대학생들의 밀가루·달걀 투척 사건이 발생했다. 밀가루를 뒤집어쓴 정원식 총리의 사진이 대서특필되고 일순간 운동진영은

---

[10]   김정한,《대중과 폭력》, 이후, 1998, 157쪽

스승에게도 '패륜행위'를 일삼는 부도덕한 집단으로 매도되었다. 거기에 더해서 6월 20일 열린 광역의회선거에서 여당인 민자당이 압승을 거두면서 5월투쟁은 급격하게 정리되어 버렸다. 결국 6월 29일 대책회의가 명동성당에서 철수하면서 4월 26일부터 이어졌던 5월투쟁은 막을 내렸다.

91년 5월투쟁의 결과

1991년 5월에서 6월까지 두 달여 동안 전개된 91년 5월투쟁은 무엇을 남겼을까?

5월투쟁은 1980년대에 제시된 전민항쟁의 노선을 따른 투쟁이었다. 전 민중적인 투쟁 역량을 모두 이 기간에 쏟아부었다. 당시 한국 사회에는 6월항쟁의 신화가 있었으며, 6월항쟁의 신화를 의식했든 의식하지 않았든 제2의 6월항쟁으로 발전시켜야 한다는 강박이 존재했다. 특히 학생운동을 비롯한 운동의 지도부는 제2의 6월항쟁으로 발전시켜 노태우 정권을 퇴진시켜야 한다는 강박이 확실히 존재했다. 그렇지만 6월항쟁을 가능하게 했던 한 요소인 야당 정치세력과의 연대는 그리 효과적이지 않았다. 대책회의는 대중적인 공분을 조직하여 투쟁으로 끌어내면서 야당을 일정 정도 견인하였지만, 이미 6월항쟁의 한 축이었던 김영삼 세력은 민자당에 합류한 집권세력이 된 뒤였다.

운동사회의 역량도 6월항쟁에서처럼 제대로 결집되었다고 볼 수 없다. 거리에서는 경찰의 최루탄과 무자비한 폭력에 맞서는 치열한 투쟁이 전개되었지만 물리력으로 그들을 제압할 수는 없었다. 학생운동에서 노동운동 세력이 투쟁의 중요한 축이었지만, 아직 운동사회는 3당 합당 이후 역량 재편을 통한 역량의 확보와 연대 질서를 확보하는 데 질적으로 충분하지 않았다. 강경대 치사 사건을 계기로 터져 나온 분노는 조급증을 낳았고, 그런 조급증이 극단적인 분신이 연이어 발생하는 요소로 작용했다. 하지만 그런 운동사회의 분위기가 그대로 대중의 것으로 전화될 수는 없었다.

위기에 몰린 노태우 정권의 물리력을 동원한 진압과 유서대필 조작 사건 등을 통한 언론조작과 이데올로기 공세도 시간이 갈수록 운동진영에 불리하게 작동했다. 나중에 조작된 사건으로 확인되었지만 유서대필 조작 사건은 그 시작이었다. 결정적으로 정원식 달걀세례 사건으로 5월투쟁을 이끌었던 운동사회에 대한 대중의 인식은 싸늘해졌다.

이런 가운데 5·18국민대회 이후 5월투쟁을 이끌었던 세력들은 도리어 고립을 당하는 상황이 되었으며, 조직적 퇴각도 제대로 이뤄지지 않았다. 그에 따라 5월투쟁에 나섰던 수많은 활동가들은 운동의 전선에서 상처를 입고 떠나게 되었다. 준비되지 않은 역량, 그보다 더 높은 수위의 전민항쟁, 대중과 함께 호흡하는 투쟁이 아닌 학생 전위에 의존하는 투쟁은 외형상으로는 치열했지만 내적으로는 상황을 돌파할 자신감을 갈수록 잃게 만들었다. 그런 상황에서 이어진 죽음들은 투쟁으로 대중들을 결집시키는 동력으로 작용하기보다는 공포와 패배감을 더욱 키우는 역할을 했다.

6월 광역의회선거에서 압승하면서 위기를 넘긴 노태우 정권은 공안탄압을 더욱 강화하여, 그해 10월에는 '범죄와의 전쟁'으로 국면을 확실히 전환시켰다. 그리고 11월 소련이 해체되었다. 국제적으로는 제2차 세계대전 이후 형성됐던 냉전질서가 해체되던 시기였다.

5월투쟁이 남긴 것들

91년 5월투쟁은 장기 1980년대 시기에 위치해 있다. 1980년대식 담론과 1980년대식 투쟁 방식이었던 전민항쟁이 91년 5월투쟁 기간 중에 전개되었다. 5월투쟁이 패배한 것은 단지 노태우 정권을 퇴진시키지 못했다는 결과론에만 국한되지 않는다. 당장 그 시기의 투쟁이 패배하더라도, 어떤 투쟁은 이후 역사에 지대한 영향을 주면서 한 시기를 이끌어 간다. 1980년의 광주민중항쟁이 그런 예일 것이다. 광주에서 일어난 열흘간의 항쟁은 도청이 계엄군에 접수되면서 패배적으로 마감되었지만, 그때의 열흘은 1980년대를 관통하면서 시대를 이끌었다.

91년 5월투쟁이 패배적으로 끝나고, 이후에 공적 기억의 투쟁으로 자리 잡지 못한 이유는 무엇일까?[11]

우선 달라진 시대에 기존의 운동 관성대로 투쟁에 임했다는 것을 들 수 있다. 노태우 정권이 광주학살의 책임자인 것은 맞지만, 그걸 제기하고 그의 퇴진을 주장하는 투쟁은 1980년대식이 아니라 다른 방식이어야 하지 않았을까? 아무리 노태우 정권의 공안탄압이 심했다고 해도, 이전에 학살로 등장한 전두환 정권과 직선제 선거 과정을 통해서 등장한 노태우 정권에 대한 대응의 관점이나 방식은 달랐어야 했는데, 5월투쟁을 이끌었던 사회운동 진영은 여전히 1980년대식이었다. 시대의 변화에 맞는 새로운 담론과 새로운 투쟁 방식의 결합이 필요했음에도 1980년대식의 전민항쟁, 군사주의적 투쟁, 목숨을 거는 극단적인 투쟁으로 임했다는 점에서 이 투쟁은 한계가 있었다. 즉, 정치적 민주화의 초기 과정이라는 점은 이전 1980년대의 극한적인 투쟁

----

[11]　김정한,《대중과 폭력》에 실린 3개의 보론 참조.

과는 다른 결의 투쟁을 요구했다. 더 많은 대중들과 함께할 수 있는 민주주의적 투쟁은 불가능했던 것일까? 그러기에는 1980년대의 운동, 6월항쟁의 재현에 대한 조급함 등이 작용했던 것은 아닐까 싶다.

두 번째로, 초기 강경대가 경찰 폭력에 사망했을 때의 분노가 이후 연이은 분신들로 인해서 도리어 다른 공포로 전화했다는 것을 들 수 있다. 당시 자신의 몸에 불을 붙이고 투쟁을 독려한 열사들을 욕되게 할 생각은 추호도 없으나, 그 절박함만큼이나 연이은 분신으로 인해 운동 주체는 물론 대중들도 점차 5월투쟁의 전선에서 멀어져 가게 만든 것은 아닐까? 사실 30년이 흐른 지금은 이런 문제들을 제기할 수 있지만, 당시에는 열사들의 분신항거가 무의미해지지 않게 만들어야 한다는 생각에서 누구도 자유롭지 않았다. 김지하의 "죽음의 굿판", 박홍의 "죽음의 배후" 언설과는 질적으로 다른 죽음의 공포가 투쟁에 나서는 이들을 사로잡았다. 그런 목숨을 건 투쟁에는 반드시 정권 퇴진 같은 가시적인 성과들이 있어야 함에도 그럴 수 있는 객관적인 역량이 없었던 것, 결국 그런 연이은 분신이 운동 대오의 내부를 약화시키는 힘으로 역작용하고 말았던 것은 아닐까?

세 번째로 짚어볼 점은, 당시 사회운동이 큰 변화의 과정에 있었다는 점이다. 과거 운동을 이끌었던 민중 세력과는 달리 전노

협으로 결집한 노동운동이 성장하고 있었고, 6월항쟁 이후 다양한 영역으로 분화한 운동들이 발전하고 있었으며, 시민사회운동이 등장하고 있었다. 새롭게 등장하는 운동 세력들과 진정한 연대를 만들기 위한 진지한 고민 속에서 대책위원회를 구성하기보다는, 학생운동의 동원력에 기대어 긴급하게 발생한 사안을 해결하기 위한 임시 대책기구를 만들었고, 이 기구가 5월투쟁을 책임지고 이끌었다. 그러다 보니 전국적인 투쟁, 좀 더 넓은 영역의 투쟁을 한동안 만들어 낼 수는 있었으나 지속시키기는 어려웠다. 위기에 처한 정권이 사력을 다해 위기를 극복하는 상황이었다면 투쟁은 장기화되었어야 하고, 그런 장기적인 투쟁을 가능하게 하려면 연대의 질을 높이고 이를 이끌어 갈 책임 주체를 다시 형성했어야 했을 것이다.

네 번째로 운동사회 내부의 민주주의적 과정이 뒷받침되지 못했다는 점을 들 수 있다. 운동은 여전히 위에서 투쟁 지침을 하달하는 방식을 벗어나지 못했다. 아래로부터의 참여와 논의의 과정은 무시된 채 동원 위주의 투쟁이 이루어졌다. 이런 투쟁에 참여한 주체들은 주체로서 대우받지 못했다. 활동가들도, 대중들도 시간이 흐를수록 자신의 의지와 달리 전개되는 상황 앞에서 괴로워했다. 왜 자신이 패륜 집단의 일원으로 대우받아야 하는지 납득할 수 없었던 많은 주체들이 당한 심적 고통, 그것이 이후 이 투쟁에 대해 말하는 것을 어렵게 하지 않았을까? 앞에 보이는 노태우 정권이라는 적, 그들의 폭력과 싸워야 하는데 점점 나 자신 그리고 내부의 적과 싸우는 일에 힘이 빠지는 그런 상황들을 겪게 되었다.

결론적으로 5월투쟁은 거대한 시대의 변화 과정에 조응하지 못하면서 패배한 투쟁으로 인식되어 왔다. 그 투쟁에 참여했던 많은 이들이 문제가 있었던 게 아니다. 객관적인 시대와 정치사회적 환경, 거대한 산사태와 같은 상황에 조응하지 못한 당시 운동사회의 분위기가 큰 작용을 했을 것이다. 이제 당시의 상황들을 돌아보면서 말을 해야 할 때다. 침묵하지 말고 함께 당시의 상황을 말하고 공유하고 토론하는 가운데 한계점들을 찾아냄으로써, 길고 긴 역사의 과정 중에 그 시기를 위치 지을 수 있을 것이다.

역사에는 아픈 시기가 있기 마련이고, 그 시기를 성찰해 보는 것은 역사의 발전을 위해서도 필요하다. 30년이 지나도록 우리가 그런 과정과 기회를 갖지 못한 것은 큰 문제다. 이제는 30년 전의 5월투쟁을 말하자. 그래야 5월투쟁을 제대로 복원할 수 있다. 다양한 관점에서 5월투쟁을 새롭게 조명하기 위한 활발한 논의가 진행되기를 바란다.

1991년 5월투쟁 일지

날짜	주요 사건
1990	1월 22일 3당합당 선언, 민주자유당 출범
	10월 13일 노태우, '범죄와의 전쟁' 선언
1991	4월 26일 명지대생 강경대 시위 도중 사복경찰에 폭행당해 사망
	4월 27일 '고 강경대 열사 폭력살인 규탄과 공안통제 종식을 위한 범국민 대책회의' 결성
	4월 29일 폭력살인 규탄과 공안통치 분쇄를 위한 범국민대회(5만 명)
	전남대생 박승희 분신(5월 19일 사망)
	5월 1일 안동대생 김영균 분신(5월 2일 사망)
	5월 3일 경원대생 천세용 분신, 사망
	5월 4일 백골단·전경 해체 및 공안통치 종식을 위한 범국민대회(20만 명)
	5월 5일 김지하 《조선일보》에 〈죽음의 굿판을 당장 걷어치워라〉 칼럼 수록
	5월 6일 한진중공업 노조위원장 박창수 의문사
	5월 8일 전민련 전 사회부장 김기설 분신 사망
	서강대 박홍 총장 '분신 배후설' 주장
	5월 9일 민자당 해체와 공안통치 종식을 위한 범국민대회(50만 명)
	전국 98개 노동조합 시한부 총파업
	5월 10일 광주 가방공장 노동자 윤용하 분신(5월 12일 사망)
	5월 11일 박창수 옥중살인 규탄 및 노태우 정권 퇴진 노동자대회
	5월 14일 애국학생 고 강경대 열사 민주국민장(부산, 55만 명)
	5월 18일 노태우 정권 퇴진 제2차 국민대회
	강경대 열사 장례식(40만 명)
	고 박창수 위원장 옥중살인 규탄과 폭력통치 종식을 위한 전국노조 총파업(919개 지역, 156개 사업장)

날짜	주요 사건
1991	버스 안내양, 가발공장 시다, 중식요리사였던 가톨릭 신자 이정순 분신 사망
	고등학생 김철수 분신(6월 2일 사망)
	5월 22일 광주 노동자 정상순 분신(5월 29일 사망)
	5월 25일 노태우 정권 퇴진 제3차 국민대회(17만 명)
	성균관대생 김귀정 시위 도중 사망
	5월 30일 김귀정 열사의 시신이 안치된 백병원 경찰의 1차 침탈
	5월 31일 제5기 전국대학생대표자협의회 출범식
	6월 2일 노태우 정권 퇴진 제4차 국민대회
	6월 3일 백병원 2차 침탈
	외국어대에 방문한 정원식 총리에게 학생들이 계란 투척
	6월 8일 6·10 계승 및 노태우 정권 퇴진 제5차 국민대회(3만 명)
	6월 12일 고 김귀정 열사 장례식
	6월 15일 택시 노동자 석광수 분신(6월 24일 사망)
	6월 29일 6·29선언 파산선고와 노동운동 탄압 규탄 제6차 국민대회 범대위 지도부(이수호 및 한상렬) 검거

민주주의의 지평 설정을 둘러싼 역사적 결절점[*]

| **김윤철** 경희대 후마니타스칼리지 교수 |

1987년 6월항쟁 승리신화의 허구성

한국 민주화투쟁의 역사에서 1987년 6월항쟁은 승리가 아니었다. 그것은 민주주의의 경계 설정을 둘러싼 정치사회적 갈등의 시작에 불과했다. 반독재를 기치로 내걸었던 한국 민주화투쟁의 일단락은 1987년 6월항쟁이 아니라, 1991년 5월투쟁이다.

1987년 6월항쟁은 승리 담론에 의해 신비화되어 왔으며, 최근 들어서는 'K-민주주의'라는 성공 담론으로까지 이어지고 있다. 세계 10위권의 경제 규모를 지닌 국가로 성장한 것과 더불어, 권

---

[*] 이 글은 김윤철의 〈한국 '불평등 민주주의'의 정치사적 기원: 1991년 5월 투쟁 이후 노동-평등의 배제 과정을 중심으로〉, 《비교민주주의연구》 제16집 2호(2020)를 축약·수정한 것이다.

력을 사유화한 대통령의 탄핵을 이끌어 낸 2016~2017년의 촛불집회, 그리고 최근 코로나19 방역에 성공했다는 자신감에 기초한 것이다. 따라서 단지 허구적인 담론인 것만은 아니다. 하지만 승리 담론은 항쟁의 목표(직선제 개헌)를 감안해도, 결국 군부독재 세력의 집권(노태우 정권)과 이들과의 연합을 통해 문민정부가 들어섰다는 것(김영삼 정권-김대중 정권)을 감안할 때 과장된 것이라 할 수 있다. 이러한 과장 그 자체보다 더 중요한 문제는, 직선제 개헌 쟁취에 초점을 맞춘 승리가 과연 '어떤 민주주의를 가져왔냐'는 데 있다. 즉, 궁극적으로 누구의, 무엇을 위한 승리였으며 어떠한 지배질서를 가져왔는지, 그래서 그것이 실제 민주주의라고 할 수 있는지에 있다.

사회경제적 불평등의 심화가 공론화된 2000년대 초(특히 노무현 정권기)를 거치면서 학계 일각을 중심으로 '87년 체제' 극복 담론이 유행한 바 있다. 적실성 여부를 떠나 이러한 담론이 생성-유포된 것은 6월항쟁의 승리 담론이 갖는 제한성을 알려 준다. 87년 체제의 제한성을 극복하기 위한 담론이 '경제민주화-복지국가 건설'에 초점을 맞추었던 것도, 승리 담론의 제한성을 포착하는 데 있어 시사하는 바가 크다. 1987년 6월항쟁의 승리는 민중배제적 산업화의 극복이라는 핵심 과제의 제기에도 불구하고, 즉, 노동의 기본권을 주창했던 전태일의 죽음을 상징적

출발점으로 삼는 노동과 사회적 약자의 권리 신장 투쟁과 그것에 기초한 1987년의 7 · 8 · 9월 대투쟁을 거치며 분출했던 노동의 등장에도 불구하고 경제민주화로 이어지지 못했다. 즉, 6월항쟁의 승리는 선거제도를 중심으로 한 민주주의의 형식적 제도를 복원 혹은 정상화하는 것에 그쳤다. 이의 최대 수혜자는 김영삼-김대중이 이끌었던 보수야당 세력이었다. 이들은 6월항쟁을 거치며 정권을 차지할 수 있는 제도적 입지와 기회를 확보했다. 이런 점에서 6월항쟁의 승리를 통해 등장한 정치질서는 보수정당 우위의 양당 체제로 특징지어지는 '1958년 체제'의 반복(유신독재 잔존 세력인 김종필의 신민주공화당을 포함한 3당 체제로의 변형)에 불과했다. 정치민주화의 수준에서도 6월항쟁이 거둔 성과는 대단히 제한적이었던 것이다.

그런데 6월항쟁의 이러한 귀결은 자연스럽게 이루어진 것이 아니다. 이는 6월항쟁 이후 한국 민주주의의 경계 설정을 둘러싼 지배-피지배 세력 간의 치열한 각축을 통해 이루어졌다. 특히 1980년대를 거치며 형성된 사회변혁운동 세력(체제 저항 및 대안체제 지향 세력)과 '이완된 파시즘'이라고까지 불렸던 국가(노태우 정권)를 양대 축으로 한 정치사회적 갈등의 귀결이었다. 그 갈등이 극적으로 표출된 '중대 사건'이 바로 1991년 5월투쟁이다. 한국의 민주주의는 1991년 5월투쟁을 거치며 사회변혁운동 세력의 퇴조와 함께 형식적 제도화로 제한되었고, 노동과 평등 가치를 배제하는 시장과 자본의 본격적 지배질서를 정당화하기 시작했다.

1991년 5월투쟁의 사회운동적 성격

1991년 5월투쟁은 그해 4월 26일 명지대생 강경대가 등록금 인상 반대투쟁을 벌이다 전격 구속된 총학생회장의 석방을 요구하며 학교 앞 시위를 벌이던 중 진압경찰에 의해 타살되고, 사흘 뒤인 4월 29일 전남대생 박승희가 분신자살을 감행함으로써 촉발되었다. 이후 투쟁은 투쟁 지도부가 투쟁의 근거지로 삼았던 명동성당에서 완전 철수하는 6월 29일까지 '노태우 정권 퇴진(혹은 타도)'을 투쟁 목표로 하면서 60여 일에 걸쳐 진행되었다.

1991년 5월투쟁에서 주목할 지점은 그것이 노태우 정권의 공안통치와 보수대연합의 산물이었다는 데에 있다. 노태우 정권은 1989년 현대중공업 파업, 문익환 목사의 방북과 임수경의 평양축전 참가를 계기로 공안통치를 전개하였다. 급기야 1990년대 들어서는 3당 합당을 감행하여 거대 야당 민주자유당을 탄생시키면서 6월항쟁 이후 조직화된 대중운동으로 성장한 사회변혁운동과 노동운동에 대한 억압을 한층 강화했다. 3당 합당 이후인 1990년 11월에 들어서는 '범죄와의 전쟁'을 내세워 자정 후 영업 금지 등 변형된 통행금지 제도를 다시금 실시하는 등 공안 통치를 한층 더 강화했다.

전두환 군사독재의 계승자였던 노태우 정권은 보통 사람들의 시대를 표방했지만, 민중의 기본적인 생존권 문제조차 해결해 주지 못했다. 물가고, 부동산 문제, 수입 개방 압력, 공공요금 인상과 산업재해로 인한 노동자 사망과 같은 사건들이 이어졌다. 이런 상황에서 노태우 정권은 3저 호황의 요인 소멸이라는 세계 경제질서의 변화된 상황, 그리고 3저 호황 국면에서 형성된 자본을 부동산과 금융투기에 투입한 재벌 등에 의해 조성된 경제 상황 악화를 민중의 탓으로 돌리고 '무노동·무임금' 등의 이데올로기를 유포하면서 민중의 생존권 요구 투쟁을 억압하는 것으로 일관했다.

1991년 5월투쟁은 그러한 억압에 대한 투쟁이었다. 이 시기 집권 여당인 민주자유당에 대한 지지는 10퍼센트 미만에 불과했다. 수서비리 사건이 폭로된 1991년 들어 노태우 정권에 대한 지지는 철회되고 있었다. 이러한 지지 철회 국면에도 지속되고 있던 공안통치에 대한 저항이 대학생 등록금 인상 문제에 대한 항의조차 물리력을 동원해 억압하는—심지어 대학생을 살해한—국가권력을 상대로 일어난 것이었다.

그런데 1991년 5월투쟁은 단지 국가폭력에 대한 항의에 그치지 않았다. 투쟁의 목표와 주체의 측면에서 볼 때, 1991년 5월투쟁은 1987년 6월항쟁의 한계를 넘어서는 특징을 지니고 있었다. 즉, 민주주의의 지평을 사회경제적 수준으로 확장해야 할 필요성에 대한 인식을 담고 있었다. 1987년 6월항쟁을 통해 쟁취한 직선제 대통령선거가 1992년에 또 실시될 것이었지만, 민중의 생존권을 보장하는 대안정부 수립을 목표로 설정했던 것이다. 이는 투쟁을 이끄는 조직체의 명칭 변화에서 일단 확인할 수 있다. 5월 15일을 기점으로 투쟁을 이끄는 조직체의 명칭은 '강경대 열사 폭력살인 규탄과 공안통치 종식을 위한 범국민대책회의'에서 '공안통치 종식과 민주정부 수립을 위한 범국민대책회의'로 변화했다. 수권조직으로서의 상설적 연합전선체 건설에 대한 논의도 등장했다. 다소 급진적인 정파운동조직 중심으로 대안권력체 논의도 제출되었다. 임시민주정부, 민중권력 그리고 노동자권력 수립 주장이 바로 그것이다. 범국민대책회의의 명칭 변화는 집회 및 시위 참여 인원의 조직적 동원을 사실상 전담하고 있는 노동-학생 정파운동 세력의 주장과 요구가 일정하게 중화되어 반영된 결과였다.[1]

---

[1] 가령 '반제반파쇼 민중민주주의를 위해 투쟁하는 학생 일동'은 유인물을 통해 임시민

주체의 측면에서도 1991년 5월투쟁은 1987년 6월항쟁과 비교해 볼 때 변화가 있었다. 1987년 6월항쟁이 학생, 지식인 등 조직화된 재야운동권을 위시하여 이른바 '넥타이부대'로 지칭되는 비조직 중산층들에 의해 전개됐음에 비추어 볼 때, 1991년 5월투쟁은 좀 더 '조직화된 (선진)대중들의 참여에 의해 수행됐다. 이는 한국 사회운동 주체의 동원 맥락이 변화했음을 의미했다. 가령 1987년 6월항쟁 시기 넥타이부대가 학생 시절의 비공식적·비조직적 연고 관계 등에 의존하여 집회와 시위에 참여했다면, 1991년 5월투쟁에는 6월항쟁 이후 제한적이나마 개방된 정치적 공간에서 사회운동에의 참여 비용이 낮아짐에 따라 계통화된 각급 각종 조직에 소속되어 선진적인 사회운동가로 성장한 이들이 참여했다. 특히 선진 노동자 대중을 비롯한 농민, 노점상, 빈민 등 기층 민중들이 전노협과 전농, 전빈련 등 전국적 단위의

주정부를 수립해 압제와 비리와 수탈의 책임자들을 처벌하자고 주장했으며, '서울노동운동단체연합준비위'는 노태우 정권 타도의 기치 아래 자본과 권력이 넘보지 못할 정치세력으로서…민중생존권 쟁취로 당면 생활상의 고통을 해소시켜 민중권력을 수립하자고 주장했다. 심지어 프롤레타리아 권력 쟁취를 주장하며 범국민대책회의를 아래로부터의 투쟁을 통한 재조직화와 기층 민중 중심의 조직 체계로 강화할 것을 요구했다. 다분히 관념적인 이러한 급진적 주장이 '민주정부 수립'으로 수용될 수밖에 없었던 것은 학생운동과 노동운동을 포함한 기층 민중운동 내의 주도 세력이 1980년대 중후반을 거치며 고도로 조직화된 급진 정파운동 세력이었기 때문이다. 적어도 '운동사회' 내에서 이들의 영향력은 집회 및 시위를 가능케 하는 인적 동원 역량과 전투성을 보유하고 있었기에 상당히 컸다.

부문운동 조직을 매개로 하여 투쟁 시기 내내 결합했다. 1991년 5월투쟁이 1987년 6월항쟁과 달리 그 투쟁 목표와 전략에 있어 직선제 개헌 쟁취와 같은 정치적 제도가 아니라, 민중의 생존권 쟁취와 이를 담보할 수 없는 노태우 정권에 대한 타도 투쟁에 초점이 맞추어졌던 것은 바로 이 때문이다.

실제로 1987년 6월항쟁의 경우 노동자 등 기층 민중이 6·29선언 등으로 학생 및 재야운동권이 투쟁전선을 이탈한 가운데 뒤늦게 투쟁전선으로 진입하여 7·8·9월 투쟁을 외로이 전개했다면, 1991년 5월투쟁 시기에는 5·1 메이데이 투쟁과 5·9 시한부 총파업, 5·18 총파업 (총 19개 지역, 156개 사업장), 6·2 노태우 정권 퇴진을 위한 노동자대회를 개최하는 등 투쟁 시기 내내 결합되어 있었다. 특히 울산의 경우 5·18 범국민대회 때 2만여 명의 노동자가 시청 진격 투쟁을 감행한 데서도 볼 수 있듯이, 노동자들의 투쟁 결합도는 이전 시기 투쟁과 확연히 구별되었다. 뿐만 아니라, 학생운동 진영 역시 당시 대우자동차노조에 대한 탄압으로 시작된 노동운동 탄압과 민중생존권 문제를 1991년 5월투쟁 이전부터 주요 지점으로 설정하여 투쟁을 전개했으며, 주요 투쟁 지역 중 하나였던 인천 지역의 경우 집회 및 시위를 단지 도심만이 아니라 공단 지역에서도 개최하는 등 노학연대투쟁을 전개했다. 사회운동 세력은 바로 이런 연대투쟁에 기초하여 이전과 달리 뒤늦게 투쟁전선에 합류한 보수야당 세력을 비판하였다.

조직화된 대중과 기층 민중의 상대적으로 높은 투쟁 결합도로 인해 1991년 5월투쟁은 이전의 그 어느 투쟁보다도 치열하고 강고한 전개 양상을 띠었다. 하지만 이는 지배세력과 보수언론 및 중산층 등의 경계심을 더욱 강화시키기도 했다. 심지어 노태우 정권은 예비군 동원령과 같은 군사력 사용을 검토하기까지 했다.

비혁명의 시대에 변혁을 꿈꾸게 하는 기억

노태우 정권과 주류 보수언론을 중심으로 한 지배세력은 1991년 5월투쟁의 성격을 민주주의 체제의 정당한 공권력 행사 과정에서 '우발적'으로 시위 학생이 죽은 것에 대한 도덕적 공분 정도로 제한했다. 그리고 분신이라는 극한적 자기희생 속에서 전개된 노학연대투쟁 등을 '좌익폭력 세력'의 사주에 의한 투쟁으로 규정하여 탄압했다. 이는 1991년 5월투쟁이 좀 더 대중적으로, 즉 전 사회적으로 확산될 수 없었던 조건으로 작용했다. 현장 사업장 단위에서 노조 가입원일지라도 일반 노동자 등은 투쟁에 공감하면서도 직접 참여하기에는 그 위험부담이 너무 크다고 느꼈을 것이다. 이는 일반 시민들 역시 마찬가지였을 것이다. 바로 이런 상황에서 일어난 유서대필 조작 사건과 외국어대 학생들의 정원식 총리에 대한 달걀 투척 사건은 일반 대중들에게 투쟁에 참여하지 않을 자기합리화의 명분을 제공해 주는 동시에, 제한된 참여 속에서 점차 그 동력을 잃어 가던 투쟁을 전면적으로 탄압할 수 있는 계기로 작용했다.

1991년 5월투쟁은 의제, 담론, 정책의 측면에서 한국 민주주의의 경계 설정을 둘러싼 지배-피지배 간의 각축에서 전자가 승리했음을 의미했다. 즉, 1991년 5월 투쟁은 민주주의의 지평을 변혁의 관점에서 조망하고 확장하려 했던 사회운동 세력의 패배를 의미했다. 이들이 패배한 요인은 무엇일까? 다른 무엇보다도 운동주체의 전략적 실패에서 기인하는 바가 크다. 특히 반독재 민주연합의 일원이었던 야당 세력과 중산층과의 결합을 유지 혹은 복원할 수 없었던, 그래서 다수 대중의 지지를 확보할 수 없었던 급진적 이념과 봉기주의적 저항 방식이 문제였다. 이는 분단-반공체제의 지속, 산업화의 성과, 그리고 민주화의 목표가 대중적 지지기반을 보유하고 있던 양 김씨를 중심으로 박정희 유신독재 이후 오랫동안 직선제 개헌을 비롯한 형식성의 복원에 맞춰져 왔음을 감안할 때 그러하다. 이러한 제약 환경을 고려했을 때, 운동주체들은 좀 더 중장기적인 진지전의 관점에서 당시

국면을 바라보는 것이 필요했다. 즉, 1980년대 반독재 민주변혁 운동 시기와 달리 '지적·도덕적 헤게모니' 구축이 필요했다. 민주주의 지평 확장에 대한 대중적 동의를 조성해 나가야 했다는 것이다. 하지만 아이러니하게도 국가폭력의 자행으로 촉발된 1991년 5월투쟁은 사회운동 세력의 헤게모니적 접근을 유보시키는 것으로 작용했다.[2]

하지만 실제 역사 과정에서 더 중요한 것은 패배의 요인보다 그것의 결과와 영향이다. 결국 이들의 패배로부터 좀 더 급진적인 비전을 다룰 수 없는 정치사회적 역학관계가 조성되었을 뿐만 아니라, 민중의 생존권과 관련한 사회경제적 문제마저도 민주주의의 문제가 아닌 개인과 집단의 사적 이해관계의 문제로 간주할 수 있는, 또 그것을 정당화할 수 있는 담론적 공간이 열렸다. 이런 의미에서 1987년 6월항쟁 이후 1991년 5월투쟁까지의 시기는 불평등 민주주의 체제와 슈퍼재벌 지배 사회를 초래한 '핵심적 복합국면critical conjuncture'이라고 할 수 있으며, 1991

---

[2] 이와 관련해 주목할 수 있는 것은 1991년 5월투쟁 패배 이후 급진 정파운동 세력의 '노선 전환'이다. 이들은 유럽의 사회민주주의(혹은 유로코뮤니즘) 정당을 모델로 삼아 합법적-대중적 진보정당 건설을 추진한다. 이들이 건설한 진보정당은 2004년 17대 총선을 통해 원내 진출에 성공함으로써 제도적 진지를 마련했다. 하지만 노동과 평등 배제의 1990년대를 거친 이후 등장한 탓에 사회적 기반이 취약하고 대중의 이념-정책적 호응이 낮아 약체 정당에 머물러 있다.

년 5월투쟁은 '중대사건(혹은 결절점)'이라고 할 수 있을 것이다. 이는 1991년 5월투쟁이 패배로 끝난 후 들어선 김영삼 정부 시기 등장한 '한국병-신한국' 담론 등을 통해 확인할 수 있다. 또 세계화 담론을 통해 확인할 수 있듯이 무한경쟁의 이름으로 각자도생과 승자독식 체제를 정당화할 수 있게 해 주었다. 이는 분배라는 정치적 문제를 시장경제-시장사회의 문제로 떠넘기는 것이었으며, 결국 시장의 기득권 세력인 (재벌대기업-슈퍼재벌) 자본이 사회를 지배할 수 있게 해 주었다. 1990년대 이후 국가와 자본이 주도한 노동과 평등 가치에 대한 배제 역시 이러한 맥락에서 가능했다.

1991년 5월투쟁의 성과가 없었던 것은 아니다. 지배세력 내 강경파의 입지를 약화시켜 공안통치를 최소한 완화시켰다. 노재봉 내각을 사퇴시키고, 민주자유당 내 민주계로 불리는 자유주의적 보수주의 세력인 김영삼 계파의 입지를 강화해 주었다. 이로부터 노태우 정권의 공안통치처럼 억압적 물리력에 의존한 통치 방식은 이후 정권에서 등장하기 어려워졌다. 다만 자유주의 국가(정권 세력)인 김영삼-김대중 정권을 거치며 1990년대 내내 노동과 평등 가치에 대한 배제—혹은 부분 포용—가 지속되었다는 점을 다시금 상기할 필요가 있다. 하지만 바로 이 때문에 1991년 5월투쟁은 사회운동 세력에게 대중적 기반 구축과 사회적 고립화에서 탈피하는 것이 중요한 과제임을 알려 주었다. 특히 민중의 독자적인 정치적 구심의 필요성을 확인시켜 주었다. 1991년 5월투쟁 이후 30년이 지난 지금까지도 여전히 약체 세력에 머물러 있지만, 민주주의의 사회적 기반과 지향 가치의 측면에서 노동을 비롯한 사회적 약자층과 평등을 중시하는 진보정치 세력의 등장과 존재의 지속으로 이어졌다는 데에서 그 의의를 찾을 수 있다. 이는 일상적 삶의 과정에서 변혁을 꿈꿔야 하는 '비혁명의 시대'에 결코 소홀히 할 수 없는 성과이다.

'귀정이를 두 번 죽일 수 없다'

··· 백병원 14일의 기억

| 안양봉 신방 88 |

이러다 큰일 나겠다!

1991년 5월 25일 서울 퇴계로 4가 대한극장 건너편 골목. 귀정이가 마지막 숨을 거둔 곳. 나도 그곳에 있었다. 경찰들의 토끼 몰이식 시위 진압에 학생들이 한꺼번에 넘어지고, 그 위로 다시 포개지고 겹겹이 깔려 있던 그 골목. 그 위로 또 최루탄이 터졌다. '이러다 큰일 나겠다'는 생각이 스쳐 갔다.

나는 그 골목에서 백골단에 붙잡혀 성동경찰서로 끌려갔다. 4년 대학 생활 중 시위로 13번째 붙잡힌 날이었다. 당시 학생회장 신분이어서 이번에는 쉽게 풀려날 수 없겠다는 걱정이 들었다. 그런데 어찌된 일인지 자정 무렵 경찰서를 나올 수 있었다. 그리고 곧 그 이유를 알게 됐다.

귀정이가 죽었다

경찰서를 나오자마자 총학생회에 전화를 걸었다.

"귀정이가 죽었어, 대한극장 건너편 골목에서, 귀정이 누군지 알지? 일단 동국대로 가서 연락해."

귀정이가 누구지? 바로 얼굴이 떠오르는 이름이 아니었다. 주로 사회대 학생회에서 활동했던 나는 동아리연합회 학우들을 잘 몰랐다. 머리를 곱게 묶고 단아하게 저고리를 받쳐 입은 사진 속의 얼굴, 88학번 동기생, 활동 공간은 달랐지만 같은 길을 꾸준히 걸어왔던 동지, 그 친구였다. 학생회 선거를 계기로 귀정이와 나는 가볍게 눈인사를 하는 사이가 됐다. 막걸리 한 잔 나눠 보지 못했다. 그땐 그랬다. 운동하는 사람들, 서로 알아서 좋을 게 없다며 굳이 모른 척하는 게 불문율이었다. 그런데 그렇게 그 친구를 영원히 먼 곳으로 보낸 것이 내 평생의 한으로 남아 있다.

백병원 영안실을 지켜라

성동경찰서에서 동국대로 갔다. 새벽이었지만 수많은 청년심산이 모여 있었다. 우리는 귀정이가 있는 백병원으로 가기로 했다. '귀정이를 지켜야 한다', 오로지 그 생각뿐이었다. 명지대 강경대학우가 백주대낮에 백골단의 폭행으로 죽임을 당하는 시절이었다. 귀정이 시신을 빼돌려 죽음의 진실을 군사정부 뜻대로 왜곡

하는 건, 식은 죽 먹기보다 쉬운 때였다.

　이런 생각은 그날 새벽 동국대에서 백병원으로 달려갔던 우리들만의 것이 아니었다. 하숙집 문을 박차고 온 청년심산, 퇴계로에서 곧바로 병원으로 달려온 수많은 시민과 청년들, 백병원은 귀정이가 죽었다는 소식을 듣고 모인 사람들로 넘쳐났다. 그렇게 귀정이를 지키려는 우리들의 사수투쟁은 수많은 시민과 학생들의 자발적인 참여로 시작됐다.

"김 양이 영안실로 옮겨진 직후 소식을 듣고 달려온 학생 1천여 명이 병원 정문에 가정용 LP가스통 3개·고압산소통 4개로 바리케이드를 치고 외부인의 출입을 차단, 인근에서 격렬한 시위를 계속했으며 응급실 입구도 40여 명이 봉쇄, 보도진의 접근을 막았다." _ 《한국일보》, 1991년 5월 26일.

귀정이를 두 번 죽일 수 없다

그날 이후 공권력은 매일 귀정이를 요구했다. 사망 원인을 밝히기 위해 부검을 해야 한다는 명목이었다. 하지만 명백히 드러난 경찰의 과잉진압에 대한 수사는 시작도 하지 않았다. 우리는 물론 어머니도 당연히 귀정이를 내줄 수 없음을 분명히 하셨다. 그건 귀정이를 두 번 죽이는 일이었다.

백병원 앞에 바리케이드를 치고 사수투쟁을 벌이는 성균관대 학생들.

"사건 즉시 열사의 시신이 안치되어 있는 백병원에 사수대를 구성하였고 26일 하루 동안 1천여 학우들이 분향소에 분향하였다. 27일(월) 명륜·율전 비상총회에 총 3천여 학우들이 결집, 폭력살인에 대한 규탄투쟁을 조직했으며 28일(화) 즉각적으로 구성된 '김귀정 민주열사 살인만행 규탄 및 책임자처벌을 위한 범성균인 대책위원회' 주최의 '범성균인 규탄결의대회'를 6천여 학우, 교직원, 교수, 동문들이 참여한 가운데 벌였다."_《이대학보》, 1991년 6월 3일

매일 수천 명의 청년심산이 거리, 지하철, 캠퍼스를 돌며 귀정이 죽음의 진실을 알렸다. 그리고 수백 명의 사수대가 밤낮없이 백병원을 지켰다. 백병원은 전쟁터였다. 백병원은 늘 자욱한 최루탄 연기 속에 있었고 사수대는 조금도 물러서지 않았다. 그렇게 청년심산은, 그리고 사수대는 귀정이와 14일을 보냈다. 사수대가 백병원을 떠나고 수거된 시위 용품이 청소 트럭 6대 분량이었다고 한다.

"경찰은 오늘 새벽 물대포와 최루탄 그리고 1,500명의 병력을 동원해 지난 달 30일에 이어 두 번째 백병원 주변 장애물 철거를 시도했습니다. 교통과 통행 등 시민 생활에 불편을 주고 있다는 이유입니다. 경찰이 진입하자 학생 500여 명이 돌과 화염병으로

1991년 5월 30일 새벽녘 김귀정 열사 시신을 탈취하려는 경찰에 맞서 영안실을 수호하고 있는 사수대(위). 경찰이 쏜 최루탄과 물대포로 아수라장이 된 백병원 진입로를 청소하고 있는 성균관대생(아래). 사진: 현장사진연구소 이용남 사진가 제공.

격렬하게 맞섰고 이 과정에서 40여 명이 다쳤습니다. 경찰이 장애물을 치운 뒤 1시간 만에 물러나자, 학생들은 다시 장애물을 설치했습니다. 대책위 측은 경찰이 뚜렷한 목적도 없이 최루탄을 난사한 것은 입원 환자와 그 가족들에게 불편을 주어 대책위 측을 곤경에 빠뜨리려는 불순한 의도라고 비난했습니다." _KBS. 1991년 6월 3일.

귀정이를 보내고 우리는…

고 문익환 목사님이 위원장을 맡은 당시 '고 김귀정 열사 폭력살인 대책위원회'는 유가족 동의를 전제로, 검찰과 대책위 양쪽에서 같은 수의 의사가 참여하고 변호인과 기자가 입회하는 조건으로 부검에 동의했다. 진상 규명을 위한 경찰 책임자 수사도 동시에 진행하는 조건이었다. 1991년 6월 7일 우리는 귀정이를 부

'고 김귀정 열사 폭력살인 대책위원회' 기자회견(왼쪽), 6월 12일 김귀정 열사 장례식(오른쪽).

검대 위에 올렸고, 12일 장례를 치렀다.

그렇게 끝내서는 안 되는 일이었지만, 또 그렇게 보낼 수밖에 없었다. 그래서 귀정이에게 평생 못 갚을 빚을 지고 산다. 눈인사만 건넸던 내 친구. 막걸리 한 잔 하며 어떻게 살아왔는지, 또 어떻게 살아갈 것인지 묻고 싶었던 동지에게 큰 빚을 졌다. 나는 지금껏 살아오며 그 빚을 얼마나 갚았을까? 살갑게 말 한 번 제대로 섞지 못했던 내 친구를 나중에 만나면 꼭 물어봐야겠다.

우리들의 사랑
우리들의 분노

성균관 대학교 佛文科 88 02102
김 귀정。

< PO. 1. 23>.

며칠째 몽 장군이 기승을 부리고 있다.
정말 꼼짝도 하기 싫게 만드는 날씨다.
눈이 쌓이고 그눈이 얼어붙은 빙판 길을 걸어다니면.
얇은 구두 밑창 위로 써늘한 냉기가 느껴지고. 덕분에
동상이 걸리지 않으려 발을 동동 구르며 오늘도 하루를 보낸것 같다.
방안에 가만히 있어도 추운데 감방안에 혼자 티로르
려연인 얼마나 추울까?

Arb0과 자리가 하나 또 생겼다.
죽으란 법은 없는 모양이다. 인복은 타고났는지 어려울때.
고맙게도 은혜를 베풀어 주는 사람이 주위에 많다.
고맙고 감사할 뿐이다.

동·연의 출자·자리때문에 고민이다.
Arbeit 도 해야하고. 업산업도 해야하고, 몽부도 해야하는데.
그저 감정적으로 할수 있다 라고 쉽게 생각할 일이
아닌것 같다. 신중하게 좀더 생각해 보아야 할것 같다.

부치지 못할 편지

| **홍승아** 불문 88 |

언니!

장형이에게 추모집 원고를 써 줄 수 있겠냐는 연락을 받고 언니에게 편지를 쓰려고 했는데, "언니~" 하고 부르곤 며칠째 단한 마디도 이어 가질 못하겠더라.

기억 나? 1988년에 우리 서로 신입생으로 만나 어색한 인사 나누던 때, 단정한 코트 차림에 짧은 머리 그리고 미소. 나는 청바지 입고 농구화 신고, 그렇게 선머슴처럼 처음 우리 얼굴 보던 그때! 그때 언니는 참 단아하고 세련된 인상이었어. 그래서 나중에 청바지 입고 운동화 신은 전형적인 운동권 복장(?)의 언니가 낯설었어.

이후 나는 과에서, 언니는 동아리에서 서로 부지런히 살았지. 어디였더라? 기억은 잘 나지 않지만, 현장에서 만나면 잠시라도 참 반갑고 그랬어. 그 시절 우리 각자 다른 사람들과 술 마시느라 같이 술 한 잔 못한 게 늘 아쉽더라.

1991년도 4학년때이던가? 언니가 동아리연합회 선거에서 지고 난 뒤 우리 금잔디광장 지나가다 만난 게.

"승아야~ 나도 나지만 수업 좀 들어와라!"

이 말이 언니가 내게 한 마지막 말이 될 줄이야⋯. 그날 1991년 5월 25일 비 오던 토요일에, 총학생회 전화로 언니의 죽음을 알려줬던 기자 분이 내게 물었어.

"고인과 최근에 나눈 대화가 혹시 기억나나요?"

그때 내가 한 말이 이 말이었어.

'승아야 수업 좀 들어와라'

그날 나는 '복학생 여학생 한마당' 행사 준비하느라 3차 국민대회에 못 나가고 대학본부에 있었어. 그날따라 왜 그리 비바람이 심하던지. 시위 나간 이들을 걱정하던 차에 총학생회에서 급히 나를 찾는단 전화를 받았어. 어리둥절한 상태로 《한국일보》 기자의 전화를 받았어. 순간 멍~해지면서 가슴이 얼마나 뛰던지. 신체적 특징이 뭐가 있느냐는 질문에 갑자기 언니 입술의 상처는 왜 기억이 났을까.

내가 아는 그 귀정이 언니를 내 목소리로 확인해 줄 일이 생길 줄이야⋯. 이후 시간이 어떻게 지나갔는지 세세히 기억은 안 난다. 이제 나도 나이가 든 거야. 백병원으로 학교로 미친 듯이 뛰어다니며 진상조사단에서 이것저것 여러 일들 돕느라 슬퍼할 겨를도, 언니의 부재를 느낄 틈도 없었나 봐. 학교에 본부가 차려지고, 여러 분들이 오가며 진상조사며 장례 일정이며 그날 시위 진압의 폭력성들을 증언하던 사람들, 언니가 쓰러질 때 봤다는 분들…. 진상조사단에서 밤낮으로 고생하던 서해성 선생님, 이덕우 변호사님은 얼마 전 각각 다른 장소에서 뵈었어. 그분들을 뵙는 것만으로도 언니가, 그날이 떠오르곤 해.

그때 총여학생회에서 그날 언니가 입었던 옷을 봤어. 군청색 반팔티와 청바지! 그걸 보는 순간 느낀 분노와 공포는 아직도 생생해. 이후 장례를 치르려고 학교에 들어가려다 정문을 막은 유림들과 했던 실랑이. 그날도 비가 억수로 왔어. 들여보내 달라고 무릎 꿇고 읍소하던 그날, 나는 거기에 앉아 25일 토요일의 비바람을 떠올리며 언니를 생각했어.

장례식은 잘 치렀지만, 그게 무슨 소용이람. 이미 언니는 이곳에 없는데 말야….

그렇게 마석 모란공원에 언니를 두고, 나는 나대로 살아가느라 참 바빴어. 한 아이의 엄마가 되어 10년 만에 찾아간 마석에서 얼마나 슬펐던지. 그때서야 슬픔들이 한꺼번에 몰려오더라. 나는 이렇게 한 아이의 부모가 되어 사는데 사진 속 언니는 그때 그대로 멈추어 있어서, 나 혼자 살아 남아서 이 평범한 삶을 누리는 게 너무 미안해서, 아이가 옆에 있는데도 눈물이 멈추질 않더라.

언니!

우리가 지금같이 나이 먹으면서 만나면, 또 둘 다 기혼이라면 시댁 얘기, 남편 얘기, 애들 얘기 하면서 놀았겠지? 다혈질인 내가 버럭 질러 대면 말리면서 언니도 웃었겠지. "승아야, 너무해~" 그러면서 말야.

그 예전에 대책 없이 술 취한 나를 무사히 집에 데려다준 것도 바로 언니였어. 그날 언니와 함께 나를 데려다준 사람이 장형이 였단 사실은 나중에 들었어. 내가 샀던 귤 봉지 때문에 무지 고생한 얘기도 들었어. 미안해. 젊은 시절 대책 없이 가슴만 뜨거웠어. 사실 아직도 대책 없긴 해. 가끔은….

이 글을 쓰는 내내 언니 얼굴이 떠오르고 목소리도 들리는 것 같아. 어디선가 "승아야~!" 하고 나타날 것 같아.

귀정 언니야!

우리 언젠가 꿈에서라도 만나면 내가 꼭 안아 줄게. 추웠을 언니, 그렇게 꿈에서라도 꼭 안아 주고 싶다. 오늘이라도 꼭 찾아와 주길 바라!

2020년 10월 28일

언니에게 늘 미안한 홍승아가 씀

그와 함께한 1년

| 박숙단 성균극회 87 |

그와의 추억은 짧다. 기억
할 것이 얼마 없어서 이 글
을 써야 할지 말아야 할지
한참을 고민했다. 그래도
그의 이름이 박힌 은행 통
장을 아직도 버리지 못하고

김귀정 이름으로 개설된 통장.

추억상자에 보관하고 있는 걸 보면, 그와의 어떤 기억이 나를 붙
잡고 있긴 한 거 같다.

대학교 3학년 말, 느닷없이 동아리연합회 간부를 맡아 달라는
제안을 받았다. 난 당시 '성균극회'라는 연극동아리 회장을 맡고
있었는데, 정통 운동권이 아니었던 나에게 느닷없이 왜 이런 제

안을 했을까 의아했던 기억이 난다. 이제 4학년이 되면 연극도 접고 임용고시를 준비하면서 교사로서의 꿈을 이루는 게 내가 가야 할 코스가 아니었던가? 그런데 인생은 참 알 수 없다. 아는 사람 하나 없던 그 운동권 동아리연합회에 나는 합류하게 된다. 다들 4학년이 되면 운동을 정리하는데, 그 시기에 난 운동권으로 걸어 들어간 것이다. 그때 내 왜 그랬는지는 알 수가 없다. 그리고 거기서 처음 그를 만났다.

한 학번 후배인 귀정이는 동아리연합회 총무부 차장을 맡았다. 그러니까 우리는 1989년 말에서 1990년 말 임기를 마칠 때까지 정확히 1년 간 동아리연합회 사무실에서 만나고 회의하고 밥을 같이 먹고 시위를 같이 가고 엠티를 가고 술집을 다니고 운동가를 불렀을 것이다.

귀정이는 조용하고 다정한 느낌이었다. 좀 씩씩하고 말이 많은 나와는 정반대라고 할까. 동료들에게 큰소리를 내거나 투덜대는 것을 본 적이 없다. 그냥 천성이 착하다는 말이 어울리는 그런 사람이었다. 날 부를 때는 항상 내 직책에 '님'을 붙여서 부르곤 했는데, 난 별명이 없기도 했고, 동아리연합회에서 쭉 같이 얼굴 보며 생활하지 않아서 그런가 싶기도 했다. 사실 나도 그의 이름을 대놓고 부르진 못했다. 나보다 학번은 아래지만 나이가 많다는 걸 알았기에 어떤 예의 같은 게 작동했던 거 같다.

소소한 기억은 있지만 내놓고 쓰기에는 뭣한 자잘한 일상들이다. 암튼 뭔가를 늘 챙겨 주고 따뜻하게 응원하는 언니 같은 느낌을 내가 더 받은 거 같다. 이 말을 지금 하려니 쑥스럽고 갑자기 슬퍼진다. 나도 좀 더 살갑게 대해 줄 걸. 넌 왜 그렇게 착하냐고 막 놀리고 장난도 치고 그랬으면 좋았을 걸 하는 아쉬움이 남는다. 그렇게 무겁게 살지 않아도 될 20대를 우린 왜 그렇게 무겁게 살았는지. 그 어린 나이에 세상을 바꿀 수 있다고 믿었던 바보 같았던 우리들을 위로해 주고 안아 주고 싶다.

1991년 5월 25일, 그날의 소식이 무겁게 전파될 때 난 학교에 있었다. 그해 2월 졸업을 했는데 난 왜 그곳에서 그 소식을 들었는지 기억이 가물하다. 한 가지 확실한 건 덜덜덜 떨고 있었고, 동아리연합회와 총학생회가 맞붙어 있는 그 복도에 흐르는 충격과 공포의 기운은 생생하게 떠오른다. 우린 뭘 어떻게 해야 할지 몰랐다. 그때《중앙일보》기자가 "김귀정이란 학생은 어떤 학생이었냐?"고 물었다.

"말도 안돼. 귀정이는 그냥 평범하고… 너무나 예쁘고… 그냥 학생이었는데, 어떻게 이런 일이…."

나는 고개만 한없이 저었다. 믿고 싶지 않았고 믿을 수 없었다. 기자도 그 분위기에 더 인터뷰를 요청하지 못하고 물러났다.

1990년 전남대 전대협 출정식에 참여한 동아리연합회 회원들.

　귀정이와 그 시대를 기억하는 건 이 한 장의 사진이다. 배경은
1990년 5월 전남대학교 새벽. 그리운 얼굴들이 한가득이다. 귀
정이도 환하게 웃고 있고, 나도 환하게 웃고 있다. 모두들 환하
게 웃고 있다. 밤새 강의실 콘크리트 바닥에서 신문지를 덮고 추
위를 견딘 저 몰골들로 말이다. 당시 전대협 출정식에 참여하기
위해 전국의 운동권 학생들이 광주로 집결했다. 우린 서울에서
그 삼엄한 경비를 뚫고 서울역에서 기차를 탔으며, 기차가 광주
에 도착하기 전 기관사에게 기차를 세울 것을 요구했다. 영화처
럼 기차가 멈췄다. 철길을 달리고 담을 넘어 오월대와 녹두대의

엄호 속에 광주로 진입해 시내를 돌아다니며 가투를 하고 출정식을 마친 새벽이었다. 그 시절 그게 뭐라고 젊음을 다 걸고 백골단에 쫓기는 두려움과 공포들을 이기면서 우린 그곳에 있었을까? 그만큼 순수했고 아름다웠다. 그리고 귀정이는 딱 1년 후 5월, 최루탄 난무하는 서울의 거리에서 우리 곁을 떠났다.

우리 동아리연합회 친구들은 가끔 만난다. 만나면 귀정이 얘기를 가끔 하기도 한다. 그도 함께 소환된다면 얼마나 좋을까? 나이 들어서의 유들유들함과 여유로 한껏 수다를 떨면서 추억을 양념 삼아 일상의 행복을 얘기하고 있을까?

보고 싶은 귀정이…. 영정 사진을 보면 착하게 살라고 그 큰 눈망울로 말하고 있는 것 같은 느낌을 받곤 한다. 난 왜 그런 생각이 드는지 모르겠다. 사람이 착하게 사는 게 얼마나 어려운 건데…. 착한 사람이 먼저 가는 세상에서 우린 아직도 살아 있고, 그를 기억하며 그저 착하게 잘 살아갔으면 좋겠다. 저마다의 위치는 달라졌고 삶의 방향이나 가치가 조금은 결을 달리해도, 그 시절 우리의 희망을 가슴 한 자락에 품고 말이다. 그의 눈망울과 미소에 우리도 웃으며 화답할 수 있으면 좋겠다.

그날,
그 전화 한 통

| **배찬석** 1991년 총학생회 사무국장 |

돌이켜 보건대 30년이란 세월의 무게는 생각보다 커서, 불의한 시대에 항거했던 순수하고 무모한 청춘을 일상에 안달하는 소박한 소시민으로 바꿔 놓기에 충분한 시간이다. 어떻게 그 시대를 살아 냈는지. 세상을 바꿔 보겠다는 순수한 신념으로 부딪쳐 싸우던 시대, 그 격랑에 몸을 맡겼던 불안한 청춘의 시간. 그 시간의 기억들은 세월 속에 잊혀져 파편처럼 머리 속을 둥둥 떠다닌다. 어느 날 어느 사건을 떠올리며 자꾸만 고개를 갸웃거리게 될 때, 희미해져 가는 기억의 끝자락마저 놓치고 있는 건 아닐까 하는 걱정과 함께 세월의 무게를 절감한다. 그러나 어떤 기억은 뇌리에 깊이 새겨져 세월의 무게가 무색할 만큼 선명하게 1분 1초 단위로 되살아난다. 내겐 귀정이와의 첫 만남이 그랬다.

귀정이와의 인연은 1991년 5월 비 오는 토요일 오후, 대동제를 준비하던 학생회실로 걸려온 전화 한 통으로 시작됐다. 귀정이의 죽음을 확인해 달라는 신문기자의 전화를 처음 받은 사람이 바로 나였다. 백골단의 토끼몰이식 진압에 희생된 학생이 성균관대생 김귀정이 맞는지 확인해 달라는 전화. 전화를 받은 나는 그 참혹한 사실에 분노하고 슬퍼할 겨를도 없이 귀정이의 주검을 확인하기 위해 귀정이를 알아볼 수 있는 학우를 수소문하기 시작했다. 개인적으로 나는 귀정이의 이름만 들었을 뿐 일면식도 없었다. 귀정이와 함께 동아리연합회 선거에 런닝메이트로 뛰었던 88학번 후배와 함께 미친 듯이 백병원으로 달려갔고, 그곳에서 이미 주검으로 누워 있는 푸른 얼굴의 귀정이를 처음 만났다. 그 어떤 감각과 인지도 작동하지 않는 아득한 공황의 순간, 한 꽃다운 청춘의 주검 앞에 내 모든 의식은 얼어붙었고, 뭔가 형언할 수 없는 슬픔이 복받쳤다. 후배의 오열로 귀정이의 주검은 확인되었고, 그렇게 귀정이는 스물네 살 꽃다운 삶을 마감하였다.

그러나 폭압적인 공권력에 희생된 순수한 청년의 죽음! 귀정이는 그렇게 폭압에 항거하는 모든 민주 세력의 죽음으로 거듭났고, 시신을 탈취하려는 공권력에 맞서 제 민주 세력을 백병원으로 결집시키는 구심점이 되었다. 귀정이는 그렇게 다시 살아

났다. 귀정이를 지켜 내기 위해 백병원에서 함께 투쟁했던 학우들과 제 민주 세력의 노고와 희생의 순간들은 아직도 마음 한 구석에 뜨겁게 남았다.

그러나 내게는 또 다른 과제가 남아 있었다. 바로 귀정이가 평화롭게 영면할 수 있도록 돕는 것이었다. 지금은 이름조차 가물거리는 한문학과 교수님께 비문에 새길 귀정이의 이름과 글귀를 부탁해서 받았고, 여러 번 버스를 갈아 타며 마석 모란공원에 자리를 마련하러 가던 그날의 기억은 지금도 선명하게 떠오른다. 귀정이의 이름을 비석에 새기던 그날, 백병원에서 처음 만났던 귀정이는 불의한 시대에 항거한 민주열사로 거듭났고, 민주열사들과 함께 마석 모란공원에 잠들게 되었다.

어떤 인연의 고리가 우리에게 연결되어 있었는지 몰라도 그렇게 나는 '김귀정 열사'의 시작과 끝을 함께하게 되었다. 그 기억은 30년 시간의 무게를 버티며 잊히지도 바래지도 않고 매해 5월 25일이면 선명하게 살아난다.

영원히 청춘인 귀정이는 중년의 소시민인 내게 가끔 물어본다. 잘살고 있냐고. 나는 늘 자신 있게 대답하진 못하지만 마음 속 좌표로 삼고 잘살고 있다고 소심한 변명을 한다.

우리들의 분노는
사랑으로 타오릅니다[*]

| **장문희** 심산연구회 · 가관 88 |

'고 김귀정 열사'

이렇게 이곳 영안실 한 귀퉁이에 곱게 씌어 있는 글들이 왠지 낯설기만 합니다. 아직도 왜 "귀정 언니"라 부르던 내 동료가 우리들의 치떨린 울부짖음 속에, TV 아나운서의 의문 섞인 말 속에서 산 자가 아닌 죽은 자로 명명되는지 어리둥절할 뿐입니다. 오늘도 학교 곳곳에는 '근조'를 알리는 검은 천들이 왜 한 젊은 넋이 시내 모퉁이에서 비참하게 죽어야만 하는지를 되묻게 합니다.

귀정 언니

지금도 언니의 모습이 눈에 선합니다. 정태춘의 〈떠나가는 배〉를

---

[*] 이 글은 1991년《성대신문》에 기고한 것이다.

샘날 정도로 멋들어지게 부르던 모습, 사랑의 열병을 앓던 내게 함께 걱정해 주던 모습, 심산연구회 88학번 동기들과 영화 〈졸업〉을 보고 서로 자기 영화평이 옳다고 작은 투정을 부리던 모습…. 이렇듯 생활 속에서 그저 평범했던 언니가 왜 그 서럽게 비 내리던 날, 단지 그릇된 정치를 꾸짖는다고 해서, 단지 이 땅에 살아가는 젊은 학도로 거리에 나섰다고 해서 싸늘한 주검으로 우리에게 돌아와야 하는지, 그리고 그 대답을 누구에게 들어야 하는지 알 수 없습니다. 그러나 자꾸만, 칙칙하게 젖은 땅 위에서 그 끔찍한 최루탄 가스와 백골단이 조여 오는 공포의 도가니를 떠올리면, 이 땅에서 정치합네 하는 위정자의 미운 모습이 보입니다.

귀정 언니

하지만 이런 분노는 우리들의 사랑으로 다시 타오르고 있습니다. 언니의 죽음은 우리들에게 한시적인 절망과 씻을 수 없는 애통을 가져다주었지만 이내 또 다른 기쁨을 심어 주고 있답니다. 언니의 죽음은 명백한 그 망할 놈의 최루탄 가스와 백골단임에도 불구하고 오리발 내미는 경찰에게 이제 속을 사람이 하나도 없기에, 우린 너무도 당당하게 경찰과 정부와 맞서고 있답니다. 공공연히 "데모하다 자기들끼리 도망가다 넘어져서…"라고 수군대는 비열한 사람들의 말에 수긍하는 고갯짓을 할 사람은 아무도 없답니다. 비가 내린다는 이유로 더더욱 최루탄을 발사하고, 방패와 곤봉으로 마구 짓밟은 그들을 우린 사진으로, 증언으로, 그리고 이 두 눈으로 똑똑하게 보았기에 말입니다.

귀정 언니

오늘도 우린 그저께처럼 경찰이 백골단과 페퍼포그를 앞세우고 이 밤 우리에게 강제 부검이라는 명목으로 언니가 잠들어 있는 곳을 최루가스로 뒤범벅시키려 할지도 모른다는 두려움을 안고 있지만, 하지만 언니!

우린 우리만이 아니라는 걸 알기에 이 두려움을 이길 수 있답니다. 이제 더 이상 언니를 두 번 죽일 수 없기에 말입니다. 이제 더 이상 우리의 동료들을 죽음의 공포에 떠밀 순 없기엔 말입니다.

귀정 언니!

내일은 언니가 떠난 지 일주일이 되는 날이에요. 일기예보를 보니, 비가 온다고 합니다. 내일은 우리 모두가 기쁘게 그 비를 맞도록 해야겠어요. 나 이제 당당히 언니를 생각하며 외쳐 나갈 거예요.

"투쟁!"

91년 늦봄, 백병원

| **변인범** 중문 89 |

갈대와 핑크뮬리가 한창인 명동성당의 늦가을을 뒤로한 채 습관
적으로 백병원으로 향한다. 큰길을 가로질러 건널목을 지나자 우
리가 끝까지 지켜 냈던, 누나가 누워 있던 그곳 백병원 초입에 들
어선 국가인권위원회 빌딩이 눈에 들어온다. 그토록 외쳐 댔던 '공
안통치 종식'과 '살인책임자 처벌'의 함성이 아직도 들리는 듯한
데, 바로 그곳에 국가인원위원회 빌딩이 곧추 서 있는 것이다.

  사뭇 다르게 보이는 이 길을 지나 백병원 입구에 들어서니 30
년 전 바리케이드를 치고 밤새워 지켰던 장례식장이 보인다. 놀
랍게도 그곳은 하나도 변하지 않았다. 가장 힘들게 지켰던 바로
옆 골목도 그대로다.

  1991년 늦봄의 투쟁을 다시 되살리는 일이 어찌 그리 쉽던가?
가슴 뒤편에 담아 둔 아픈 기억을 하나씩 끄집어낸다.

백병원 주변의 현재 모습. 왼쪽부터 명동성당, 국가인권위원회 빌딩, 백병원 영안실 입구, 백병원 주변 골목.

우리는 이곳에서 보름이 넘는 시간을 보냈다. 늦봄의 바람은 따뜻했으나 서슬 퍼런 칼날이 시시때때로 누나와 우리를 노리고 있었다. 고립무원 백병원에 갇혀 처절히 싸웠던 그때, 그곳은 전쟁의 공간이기도 했고 한편으로는 공존의 공간이기도 했다.

화염병과 쇠파이프 그리고 프로판가스통으로 바리케이드를 치고 누나의 시신을 지키던 젊은 심산의 마음은 아직도 생생하다. 비록 암울한 공간이었지만 이곳저곳에서 힘내라고 가져다준 음식들과 스티로폼으로 배를 채우고 바다의 한기를 막아 냈으며 모포로 차가운 이슬을 피할 수 있었다. 밥과 국을 꼭 두 그릇씩

백병원 앞에서 구호를 외치는 성균관대 학생들. 사진: 현장사진연구소 이용남 사진가 제공.

받아먹는 후배도 밉지 않았다. 어느 새 나타난 '밥풀때기'들과 공
존하는 나눔의 공간이기도 했다. 〈민족성대 진군가〉와 〈동지가〉
를 피 터지게 부르며 울분을 토했지만 시끄럽다고 하는 시민은
아무도 없었다. 그곳이 병원이었음에도 대다수 시민들은 시비를
걸지 않았다

　노숙으로 지쳐 가던 어느 날, 경찰특공대 진입이 임박했다는
연락을 받고 썬키스트 주스 병에 신나를 가득 담고 프로판가스
통에 불을 댕길 준비를 하였다. 그리고 쇠파이프로 단단히 무장

했다. 결국 썬키스트병에 불을 붙인 건 나 하나뿐…. 4학년 가두 투쟁에서 지독한 최루탄 가스를 참아 내고 깃발을 지켰는데, 한참 싸우고 난 뒤 뒤를 돌아보니 나 혼자 깃발 들고 있던 그런 느낌이랄까.

보름이 넘는 긴 투쟁에 지치기도 했던 몸과 마음은 누나를 고이 보내 드리는 결론을 받아들였다. 두고두고 누나를 잊지 못하는 이유가 바로 여기에 있다.

보름이 넘는 투쟁은 나에게 많은 것을 남겼다. 공안통치 종식과 누나를 지키겠다는 신념에서 비롯되었지만, 생사고락을 같이 했던 동료의 삶도 알게 되고, 나눔을 베푸는 선량한 시민의 힘도 느꼈으며, 새날을 열어제끼는 무한한 희망도 갖게 되었다. 누나는 그렇게 많은 것을 남겨 주고 떠나갔다.

누나!

깔고 앉아 꺾인 풀도 봄이면 되살아나더이다. 누나의 뜻도 결국 되살아나 봄처럼 활짝 피는 새날이 올 거예요. 편히 주무세요.

0525

'0525', 내 신용카드 비밀번호이자 나를 인식하는 각종 암호에 사용하는 숫자 조합이다.

구대학원 건물 4층 동아리연합회 방 바로 맞은편이 우리 동아리 방이었다. 귀정 선배가 동아리연합회 집행부를 맡고 있을 때 자주 마주쳤을 터다. 동아리 회장이랍시고 수시로 동아리연합회에 들락거리기도 했고, 지근거리다 보니 자주 볼 수밖에.

선배의 해맑은 미소와 나지막한 목소리.

"호규야, 밥 먹었니?"

생각해 보면 천상 누이였다. 동아리연합회 선거에서 선배는 부회장, 난 분과장으로 같은 선본을 꾸렸지만 선배는 낙선하고 난 당선되었다. 선거가 끝나고 얼마나 울었던지. 그때 오히려 괜찮다고, 열심히 하라고 웃으며 축하와 위로를 건네주던 단단한 선배.

그날은 내가 아팠다. 자취방에서 종일토록 꿈쩍도 않고 이불 속에 있었다. 첫사랑이 깨진 여파로 모든 게 정지 상태였다. 몇 시인지도 모른 채 어렴풋이 라디오에서 선배 소식을 듣고 머릿속이 하얘져 밖으로 뛰쳐나갔던 그날이었다.

그날 이후 왠지 모를 미안함에 늘 가슴이 아팠다.

5월 25일 그날은 선배에 대한 기억과 스무 살 이후 첫사랑의 아픔이 겹쳐지며 지금까지도 선명하게 가슴 한 편에 남아 있다. 해마다 그날이 오면 어김없이 두 가지 기억의 조각들이 아프게 찌른다.

가끔 젊은 날의 그때를 추억하면, 일이나 사건보다는 사람들이 떠오른다. 신념을 함께 다지며 어깨동무했던 이들, 지금은 제각기 다른 모습으로 살아가지만 주름살처럼 그때의 기억들은 고스란히 남아 있고, 지금도 그들은 내 삶의 중심을 잡아 주는 중요한 한 축이다. 그리고 귀정 선배는 그 사람들을 몇 년에 한 번 마주해도 어색하지 않게 이어 주는 징검다리로 우리 곁에 늘 함께하고 있다.

썩 대중적이지 못한 성격 탓도 있지만 이런저런 핑곗거리로 추모행사엔 자주 참석하지 못했다. 시골로 내려온 후 갈팡질팡 헤맬 때 문득 마석으로 소주 한 병 끼고 선배를 찾은 적이 있다. 한참이나 옆에 앉아 후련하게 눈물을 쏟아내고서야 내려왔다. 마음으로만 기억하지 말고 함께 기억하고 있다고 보여 주는 것도 중요한데 이기적인 탓이다.

큰 딸아이가 어느덧 그때의 선배 또래가 되었다. 들어 보면 하고 싶은 것 많은 청춘이다. 그때의 선배는 꿈꾸지 못했던 것들이고, 내가 봐도 부러운 젊음이다. 내 아이의 꿈은 분명 선배가 남겨 준 꽃씨 덕분일 것이다. 예쁘게 꽃피우고 튼실하게 열매 맺을 수 있도록 괜찮은 기성세대로 곁에 서 있어야겠다.

아직은 0525 번호를 누를 때 아프다.
시간이 얼마나 더 쌓여야 편하게 선배와 마주할 수 있을까?

백병원에서 만난 사람들

| 박인호 사학 91 |

1991년 5월과 6월에 나는 선배, 동기들과 백병원을 지켰다. 지금은 상상할 수도 없는 일이지만, 우리는 백병원 앞 명동성당 쪽과 중부경찰서 쪽에 바리케이드를 치고 밤낮으로 선배의 시신을 지켰다. 늦은 봄이라 그나마 다행이었다. 밤에는 백병원 앞 2차선 도로에 스티로폼을 깔고 신문지를 덮고 잠을 잤다. 백원병 앞 도로에 빼곡하게 스티로폼을 깔고 신문지를 덮고 자는 모습은 장관(?)이었다. 그때 나는 신문지가 그렇게 따뜻하다는 것을 처음 알았다.

밤낮으로 백병원을 지키다 며칠 만에 집에 들어갔다. 너무 피곤해서 방에 그대로 쓰러져서 잠을 잤다. 아버지는 뉴스와 신문을 통해 백원병 소식을 알고 계셨고, 내가 뭐하다 들어왔는지도 이미 알고 계셨다. 그래도 아들이 안쓰러웠는지 이불을 덮어 주셨는데, 내가 갑자기 "노태우 정권 타도하자!"며 잠꼬대를 했다고 한다. 아버지는 너무 기가 차서 깨우지도 못하고 방을 나가셨다고 한다.

백병원 앞 바리케이드 앞에서 우리는 한 손에 쇠파이프를 들고 가까운 곳에 화염병을 두고 농성을 했다. 어느 날인가 농성을 하다가 백병원 맞은편 상가 화장실에서 소변을 보고 나오는데 30대 초중반으로 보이는 아저씨가 화장실 문에서 나를 부르더니 상가 복도 끝으로 데려갔다. 지금의 나보다 훨씬 어린 나이의 아저씨였지만, 그때의 나는 갑자기 겁이 나서 따라가다 말고 걸음을 멈췄다.

'혹시 말로만 듣던 사복경찰인가? 뒤돌아서 도망가야 하나?'

내가 어찌할 바를 몰라 주춤거리는데 그 아저씨가 주위를 두리번거리더니 양복 안주머니에서 봉투를 꺼냈다.

"학생, 이 봉투 밖에 있는 모금함에 넣어 줘."

긴장이 풀렸다. 왜 저한테 부탁하냐고 물으니, 직장이 바로 근처인데 직장 사람들이 볼까 봐 그렇다고 하셨다. 그리고 몸조심하라는 당부를 하셨다.

또 언젠가는 바리케이드 앞에 앉아 있는데 흰 가운을 입은 아주머니 한 분이 나를 부르더니 따라오라고 했다. 아주머니라 별의심 없이 뒤쫓아 갔다. 아주머니는 근처 상가 약국으로 들어가셨다. 그분은 그 약국의 약사였다. 약사님은 나한테 고생이 많다며 박카스 상자를 내가 들기 어려울 정도로 많이 주셨다. 그리고 다치지 말라는 당부도 하셨다. 아마 백병원 근처를 오가는 시민들은 어린 학생들이 경찰과 싸우다 다치지는 않을지 걱정하셨던 것 같다.

어느 날은 선배와 함께 아주머니 손에 이끌려 시장에 가서 바나나 한 상자를 받아 온 적도 있다. 아주머니는 과일가게 사장님이셨다. 그 당시 바나나는 무척 귀했다. 바나나를 들고 바리케이드로 돌아가니 사수대가 환호하며 우리를 맞이했다.

몇 년 전 술자리에서 이 얘기를 하자 한 동기가 나도 백병원에 있었는데 왜 너만 그런 일이 있었냐며 의아해했다. 생각해 보니 지금도 마른 편이기는 하지만 당시 50킬로그램 초반의 몸무게에 종일 뙤약볕 아래 앉아서 새까맣게 탄 얼굴이었으니 아마 불쌍해 보였던 모양이다.

30년이 지났다. 해마다 나는 묘소참배에 참석했다. 처음에는 내 삶의 긴장을 늦추지 않기 위해 참석했다. 다들 그랬겠지만 세상의 모든 걱정을 어깨에 짊어지고 살았으니 20대 초반의 어린 나이로는 감당하기 힘든 일이 넘쳐날 때였다. 기댈 곳이 필요했고 마음을 다잡을 계기가 필요했다. 그래서 해마다 선배의 묘소에 찾아갔다. 어머님이 내주시는 점심 한 끼를 먹으면 또 한 해를 버틸 수 있을 것 같아 습관처럼 해마다 선배의 묘소를 찾아갔던 것 같다.

그리고 세월이 더 흘러서는 같은 마음으로 참석한 선배, 동기, 후배들의 안부가 궁금해서 참석하고 있다. 학교 다닐 때는 인사도 나누지 못했던 선배, 후배 동기들과 이제는 반갑게 서로 안부도 묻고 술 한 잔도 나누게 되었다. 30년 세월 동안 묘소참배에 참석하는 이유도 세월 따라 변하고 사람마다 다 다르겠지만, 지금은 서로 반가운 얼굴을 확인하는 것만으로도 충분히 보람된 하루가 되었다.

귀정 선배를 기억하는 모든 이들이 행복하길 바란다. 1991년 늦봄 백병원 앞에서 만났던 직장인과 약사님, 과일가게 사장님, 그리고 백병원에서 선배의 시신을 지키기 위해 모여 있던 우리를 걱정해 주셨던 모든 이들이 행복하길 바란다.

그리고 지난 30년 동안 선배를 잊지 않고 해마다 모이는 우리 모두가 행복하길 바란다. 나와 내 가족뿐만 아니라 직장의 동료와 이웃을 위해 적은 힘이나마 노력하고 있는 우리를 보면서 귀정 선배도 하늘나라에서 행복해하실 것으로 믿는다. 또 항상 환한 미소로 우리를 반겨 주시는 어머님이 그 누구보다 행복하시고 건강하시길 바란다.

왕십리어머니

| 김난희 심산연구회·가관 82 |

1991년 5월 백병원에서 어머니를 처음 만나고 나는 그냥 어머니 곁에 있어야겠다고 생각했다. 그렇게 30년의 세월이 흘렀다. 어머니는 늘 그 자리에 계셨지만, 나는 결혼도 하고 아이도 둘 낳아서 키우며 거주지도 여러 번 옮겨 다녔다. 늘 직장에 매여 있어서 자주 찾아 뵙지도 못하고 살았다. 지금은 언제든 어머니께 달려갈 수 있는 거리에 살고 있다. 자주 뵙는 게 중요한 거 같아서.

나는 양가 부모님이 모두 돌아가셔서 '왕십리어머니'만 계시다. 늘 어려운 살림살이로 부모님 살아생전에도 효도 한 번 못했고 왕십리어머니께도 그러하다. 그냥 옆에 있어 드리는 것 외에 달리 잘해 드릴 수 없는 여건에 늘 죄송한 마음이다. 그래도 어머니는 사람들에게 딸이라며 자랑하신다. 좀 더 잘해 드려야 하는데….

요즘은 후회하지 않으려고 어머니를 자주 찾아 뵙는 편이다.

어머니와 마카롱도 먹고, 카페에서 라떼도 마시면서 수다도 떨고 어머니 파마하시는 데도 따라가고, 집에서 어머니 친구 분들이랑 밥도 해 먹고, 어머니 좋아하시는 코다리찜도 먹으러 간다. 어머니의 동네 친구 꽃어머니, 장어머니, 광천어머니, 이렇게 네 분이 '왕십리 4인방'이다. 광천어머니는 2019년 8월 하늘나라로 떠나셨다. 3년 전 일본 여행도 함께 가고 여행도 많이 다녔는데 홀쩍 떠나셨다.

어머니는 설 전에 파마를 하셨다. 어머니 단골 미용실인 '아씨네 미용실'은 가격도 착하고 동네 어머니들의 취향에 맞게 머리를 해 주시는 베테랑 원장님의 솜씨 덕분에 손님이 많다. 짧은 머리에 파마를 마는 원장님의 손놀림은 넋놓고 구경할 정도로 신기했다. 어머니는 뽀글머리가 잘 어울리신다.

설 전에 어머니 방에 꽃벽지를 붙여 드렸는데 어머니께서 농을 하신다.

"새색시 방을 만들어 놨네. 신랑도 있어야지."

"어머니 혹시 남친 없으세요?"

"하하하. 없어, 없어."

"제가 찾아볼까요?"

하마터면 지키지도 못할 약속을 할 뻔했다.

어머니의 음식 솜씨는 30년 전이나 지금이나 변함없다. 특별하지 않은 재료도 어머니의 손이 닿으면 무조건 맛있다. 식탐을 부르는 어머니 손맛이 내 몸을 점점 살찌운다. 어머니 집에서 밥을 해 먹을 때는 꽃어머니와 어머니의 호흡이 찰지다. 짧은 시간에 여러 가지 음식을 뚝딱 만들어 내신다. 어머니들은 장어머니 댁에서도 자주 모여서 어울리신다. 동네 친구의 소중함을 절실히 느낀다.

어머니의 따뜻한 마음은 차가운 겨울 거리도 따뜻하게 만드는 마법과 같다. 어머니는 나누지 않고는 못 배기는 성정이시다. 음식이든 물건이든. 주머니 사정이 딱한 분들에게 외상으로 먹을거리를 주기도 하시고 급할 때에는 돈을 빌려 주시기도 한다. 요즘 세상에 흔히 볼 수 있는 일은 아니다. 어머니의 품은 넓고 깊다.

어머니는 여행 다녀오신 이야기도 많이 해 주시는데, 광천 여행이 참 좋으셨나 보다. 광천어머니의 고향, 이제 그곳에 가도 광천어머니와 함께할 수 없어서 많이 아쉬워하신다. 광천어머니도 어머니처럼 베풀기 좋아하는 분이셨던 것 같다. 인상도 인자하신 분이다.

코로나가 물러가고 나면 어머니와 광천에 가서 목욕도 하고 맛난 음식도 먹어야겠다. 꽃어머니, 장어머니도 함께 모시고. 장어머니는 구순이라는 연세가 믿기지 않을 정도로 정정하시다. 어머니 벗들은 서로를 챙기고 위하며 살아오셨고 앞으로도 그럴

여전히 왕십리에서 노점을 하시는 어머니.

것이다. 자매처럼.

왕십리 노점이 휴점하는 비가 오는 날에는 카페에도 가고 극장에 가서 영화도 봐야지. 어머니가 좋아하시는 문소리 배우가 출연한 〈세 자매〉를 보러 가면 좋겠다. 어머니는 영화관에 가시면 잘 주무신다고 하는데 아마도 〈세자매〉는 졸지 않고 재밌게 보실 것 같다. 문소리 배우가 나오는 영화니까.

설 연휴가 끝난 오늘 왕십리어머니를 뵈러 갔다. 어머니는 갈비찜에 조기구이 등 한 상을 준비하고 기다리고 계셨다. 냄비에 갓 지은 밥은 고소한 풍미가 있다. 숭늉까지 너무 맛있다. 설 연휴를 바쁘게 보낸 나는 어머니의 밥상을 받고 친정어머니의 품을 느낀다.

어머니를 뵐 때마다 귀정이의 해맑은 모습이 떠오른다. 어머니 가슴 속에 있는.

그렇게, 가족

| 김찬 미술교육 89 |

언제, 어느 자리에서 그를 처음 만났는지 기억나지 않는다. 하지만 백옥처럼 하얀 피부에 오목조목한 이목구비가 단아한 느낌을 자아내면서도, 시원시원한 성격에 카리스마 넘치는 목소리가 여장부 같은 느낌을 주던 그 첫인상은 선명하게 떠오른다. 볼 때마다 그는 무언가 바쁘게 일을 하고 있었다. 밥을 푸고, 반찬을 담고, 수박을 썰고, 설거지를 하고, 쓰레기를 치우고…. 내가 그런 일들을 옆에서 어설프게 도와줄 수 있을 만큼 친해진 최근에야 그는 내 첫인상에 대해 말했다.

"완전 서울깍쟁이같이 생겨 가지고 이런 행사에 꾸준히 찾아오는데 다른 참석자들하고는 너무 인상이 다른 거야. 저 언니는 무슨 이유로 이런 데 자꾸 오는 걸까… 늘 의문이었어. 안 어울린다고 생각했지. 호호호."

강원도에서 나고 자라 서울 생활이 아직 익숙하지 않은 그는 1991년 나 같은 서울깍쟁이들만 가득한 도시에서 찾아보기 힘든 선량한 눈매를 가진 스무 살의 남자 친구를 만나 데이트도 하고 꿈을 키우던 스물한 살의 앳된 아가씨였다. 무엇 하나 확실한 것이 없고 삭막하기만 한 서울 생활이었지만 대도시에 적응하며 자유롭게 미래를 꿈꿀 수 있는 날들이 그럭저럭 행복했다. 그 일이 터지기 전까지는.

남자 친구의 누이가 죽었다.

도저히 이해할 수 없는 이유로, 남자 친구와 꼭 닮은 동그랗고 선량한 눈매를 가진 그의 누이가 죽었다. 연일 신문에 기사가 나고 TV 뉴스에 나오는 저 언니가 남자 친구의 누이란다. 그날부터 19일 간 상주가 되어 누이의 시신 옆에서 수시로 혼절하는 어머니를 지키며 야위어 가는 스무 살의 남자 친구를 보면서 그는 생각했다. '아버지를 여읜 지 몇 년이나 지났다고⋯ 이렇게 어린 나이에 두 번이나 상주가 된 이 남자를 나는 아마 떠날 수 없을 것'이라고.

노태우가 죽었다고, 폭력경찰의 과잉진압에 희생된 귀정이를 살려 내라고, 백병원 영안실 앞에서 절규하듯 구호를 외치며 노숙을 하는 대학생들에게서는 살기마저 느껴졌고, 그 대열을 둘러싼 전경들의 눈매는 곧 뒷덜미를 낚아챌 듯이 살벌했지만 그는 꿋꿋하게 대열을 뚫고 영안실로 들어가 상주에게 갈아입을 옷을 전달하고 끼니를 챙기고, 어머니의 슬픔에 그의 슬픔이 공명하는 소리를 들으며 그렇게, 가족이 되었다.

첫딸을 낳고, 아들 쌍둥이를 낳고, 해마다 명절이면 세배를 오는 학생들을 위해 손위 시누이를 도와 떡국을 끓였고, 5월이면 묘소 참배객들을 위해 시어머니를 도와 수육을 삶았다. 친구들은 한창 멋내고 데이트를 즐길 꽃다운 시절부터 그는 수백 명의 밥을 짓는 노동에 익숙해져야 했다. 자녀들이 커서 성인이 되고 어엿한 사회인이 되어 독립을 한, 장장 30년이 지난 지금까지도 그 노동에서 벗어나지 못하는 모습을 보면서 나는 가끔 생각한다.

"어머니는 귀정이를 잃으셨지만 이제 만육천의 청년심산을 아들딸로 얻으셨습니다!"

1991년 당시 총학생회장이었던 기동민 선배가 이 아름답고 감동적인 선언을 한 순간 누가 알았을까, 그에게는 만육천의 시숙과 시누이가 생긴 것이라는 사실을. 한국 사회에서 결혼이 여성에게 극단적으로 불리한 선택인 것은 '한 남자와의 서약인 동시에 무한대로 확장될 수 있는 그 남자의 친인척에 대한' 일종의 노동계약이기도 하기 때문이라는데, 그러나 누가 알았을까! 그 무한대가 설마 이렇게 어마어마한 숫자로 확장될 수도 있다는 사실을.

나는 해마다 설 연휴가 지나면 명절 노동의 고단함을 치유받는 기분으로 친정처럼 열사의 어머니를 찾아갔다. 따뜻하게 두 팔을 벌려 안아 주시고 새해 덕담을 해 주시는 어머니와 떡국 한 그릇을 나누지 않으면 새해가 시작되지 않는 걸로 알고 살았다. 명절이니까 가족이나 다름없는 그들을 만나는 것이 당연하다고 생각했다. 동생 김귀정과 똑 닮은 예쁜 미소로 항상 우리를 편안하고 다정하게 반겨 주는 귀임 언니, 우리만 보면 기분이 좋아서 마구 술을 사 주시는 귀임 언니의 남편인 잘생긴 우리 형부, 보기만 해도 마음이 따뜻해지는 눈매를 지닌 착한 동생 종수, 그리고 한 상 가득 떡국과 명절 음식을 차려 주며 엄마미소를 짓는 종수의 부인 미정 씨. 바로 그 미정 씨.

 "〈1987〉 봤어? 난 어머니 모시고 가서 봤는데 많이 울었잖아. 너무 슬프고 미안하더라. 그 영화를 보기 전까지 우리 애들 고모가 그런 삶을 살다가 떠난 거라는 사실을 별로 구체적으로 생각해 보지 않았던 것 같아. 유가협 부모님들도 뵙고 추모사업회 학생들도 만나고, 오랫동안 많은 사람들과 얘기도 나누고 신문도 봤지만 정말 그 정도였다는 건 몰랐어. 나는 그때 지방에 살았고 아직 어렸고, 그래도 정말 모든 분들께 너무 미안해서…, 애들 고모 생각도 나고 해서 많이 울었지."

 3년 전쯤 어머니께 세배를 갔을 때도 우리에게 떡국을 차려 주며 그렇게 말하던 미정 씨. 만나면 가족처럼 편하고 즐겁기만 했지 나는 왜 같은 며느리로서 그의 고단함을 진작에 헤아리지 못했을까.

30주기 추모집을 준비하기 위해 여러 필진들에게 원고 청탁을 하면서 "오랜 시간이 흘러 생각이 잘 나지 않는데 제대로 글이 나올지 모르겠다"는 걱정을 참 많이 들었다. 그런데 나는 기억항진증이라도 걸린 것처럼 그때의 기억들이 너무도 선명하다. 비가 왔으나 우산을 쓰지 않은 채 풀무질 메모판을 기웃거리다 "불문과 88학번 김귀정 사망"이라는 다급한 필체의 쪽지를 처음 발견한 순간 터져 나왔던 비명, 무슨 일이 벌어진 건지 실감이 나지 않았음에도 계속 흘러내리던 눈물, 후배들과 손잡고 빗속을 헤쳐 동국대로 진입하던 밤거리에서 차오르던 분노, 언제 침탈당할지 모르는 백병원을 지키며 신문지를 덮고 잠을 청할 때 느꼈던 입체적인 공포, 눈물인지 빗물인지 슬픔으로 습기만 가득했던 장례식.

그리고 이듬해 내가 졸업전시회에 출품한 그림의 제목은 '그해 오월'이었다.

모든 날들의 공기와 냄새까지 선명하게 기억하는 나는 정작 91년 당시의 이야기보다 귀정 언니의 가족들과 '우리'가 된 현재의 이야기를 쓰고 싶었다. 김귀정 열사 30주기 준비위원회 집행위원장인 이재필 선배가 그런 말을 한 적이 있다. 유족들과 졸업생들의 관계가 우리처럼 친밀하고 화목한 곳이 많지 않다고. 우리가 그럴 수 있는 이유는 아마도 어머니를 비롯한 그 가족들 특유의 소탈하고 따뜻한 성격에서 나오는 사랑 때문이 아니겠냐고.

정말 그렇다. 그와 더불어 오랜 세월 동안 *꿋꿋하게* 추모사업회를 지키면서 우리와 귀정 언니의 가족을 이어 준 재필 선배의 노력이 얼마나 큰 몫을 했는지, 해마다 5월이면 언니의 묘소를 찾는 수많은 참배객들이 얼마나 대단한지, 사정상 묘소참배는 매년 올 수 없지만 행사가 있을 때마다 팔 걷어붙이고 모금해 주는 동문들은 또 얼마나 고마운지, 그런 분들과 어머니를 닮아 정이 넘치는 가족들이 서로의 진심을 나누면서 차곡차곡 쌓아 온 추억들이 우리를 그렇게 또 하나의 가족으로 묶어 놓은 것은 아닐지.

그러나 우리가 의식하지 못하는 동안 묵묵하게 밥을 푸고, 반찬을 담고, 수박을 썰고, 설거지를 하고, 쓰레기를 치우면서도 환한 웃음을 짓던 그 며느리의 숨은 공로가 아니었다면 이런 애틋하고 *끈끈한* 유대감이 과연 존재할 수 있었을지!

당신의 따뜻한 노고로 우리는 그렇게 가족이 될 수 있었습니다. '귀정, 2021 추모제'를 준비하며 이 말을 꼭 전하고 싶었어요. 귀정 언니도 먼 곳에서 다정한 올케를 보며 늘 감사하는 마음일 거라고.

어머니의 밥 한 끼

| **박경희** 일하는사람들 87 |

글재간이 없는 내가 이렇게 글을 쓰게 된 건 거절을 못하는 성향이 이 나이가 되어도 잘 고쳐지지 않아서다. 갑자기 찬이한테 30주기 추모집에 실을 글을 써 달라는 요청을 받고 덜컥 수락하고서는, 겁 없이 받은 게 엄청 후회가 되면서 물릴 수도 없어 며칠 끙끙대다 귀정이와 함께 걸어온 30년을 만든 힘이 무엇일까 생각해 보았다.

2020년 5월 이천 민주화운동기념공원으로 귀정이를 보러 갔다가 곧 30주기라는 말을 듣고 벌써 그렇게 되었나 싶어 새삼스럽게 지나온 세월을 떠올렸다. 매해 5월이면 당연히 와야 하는 것처럼, 아주 특별한 사정이 없는 한 참석해 왔는데 어느 새 30년이라니….

귀정이와 함께한 지난 세월 동안 이 땅에 절차적 민주주의가

도입되고 촛불혁명까지 만들어 내며 이제는 민주주의가 우리들 일상으로 들어와 삶의 변화를 꾀하고 있다. 아직도 미완성인 민주주의. 귀정이와 또 같이 걸어가겠지…. 뭔지는 모르지만 마음 한편에 귀정이에 대한 미안함과 고마움이 교차하고 있었다.

대학 시절 귀정이와의 인연은 그리 깊지 않다. 두어 번 만나 스터디를 했고 동아리 활동하면서 스쳐 지나간 인연이 전부였던 귀정이. 내가 기억하는 귀정이는 예쁘고 여리면서도 강단 있는 후배였다.

　어제 일도 기억 안 난다는 단기기억 상실과 함께 50대 중반을 향해 가고 있지만, 1991년 5월 그날, 귀정이 소식을 들은 그날은 지금도 생생하게 기억이 난다. 뉴스로 먼저 접하고 확인한 이름 귀정이. 충격과 함께 설마설마 하면서 발걸음을 학교로 향했다. 정말 믿기지 않았고 아니기를 얼마나 바랐던가. 반독재와 민주주의를 외치며 아까운 많은 목숨들이 희생되었고, 귀정이 또한 국가폭력에 짓밟혀 꽃다운 나이에 피워 보지도 못한 채 목숨을 잃었다. 나는 그 시기 졸업과 함께 노동현장에 가려고 준비하고 있던 터라, 귀정의의 죽음을 애도하면서도 많은 시간을 함께할 수 없었다. 어쩌면 그것이 내가 귀정이에게 갖는 미안함일지 모른다.

해마다 귀정이 기일이 되면 나를 비롯한 많은 선후배들이 모란공원에 모였다. 처음 몇 년은 귀정이에 대한 슬픔과 미안함, 그리움이 마음을 채웠다면 어느 순간부터 반가움과 고마움으로 바뀌어 가고 있었다. 각자 다른 시공간을 살면서도 귀정이 기일에 만나 삶을 얘기하고 공감하며 위로하고 위로받았다. 귀정이가 귀정이를 통해서 서로의 연을 이어 주고 이어 가고 있었던 것이다. 그래서 고마웠다 귀정이에게.

선후배들이 결혼을 해서 부부가 오고, 애를 낳으면 아이를 데리고 왔다. 하나가 둘이 되고 둘이 셋이 되고 넷이 되어 귀정이 기일이 되면 모여들었다. 우리 아이는 어렸을 적 귀정이가 진짜 이모인 줄 알았다며 한 번도 보지 못한 귀정이를 '귀정이 이모'라 부르고 지금도 매우 친근하게 여기면서 자연스럽게 얘기한다. 그렇게 귀정이는 우리의 삶과 함께 30년을 같이 걸어오고 있었다.

우리가 30년의 세월을 이어 올 수 있었던 또 다른 힘은 귀정이 어머니다. 더 정확히 표현하면 어머니의 밥이다. 귀정이를 만난 후 선후배들과 한자리에 모여 어머니가 손수 준비하신 밥 한 끼를 나누는 즐거움이 컸다. 어머니의 밥은 우리들에게 사랑과 위로였다. 그 밥을 먹고 우리는 다시 일상으로 돌아가 삶을 살았다. 백 명 넘는 사람들에게 따뜻하고 맛있는 밥을 먹이기 위해

2018년 7월 가족 친지 및 성균관대 동문 2백여 명이 참석한 가운데 열린 어머니 김종분 여사의 팔순잔치. 어머니를 업고 있는 아들 김종수 씨와 며느리 김미정 씨, 그리고 손자들.

몇 날을 준비하신 어머니의 사랑과 정성이 담긴 밥을 나는 잊지 못한다. 아마도 영원히 잊지 못할 것이다. 어머니에게는 모두가 귀정이었다. 어머니 팔순잔치 때 많은 귀정이들이 모여 어머니의 팔순을 축하 드렸다. 귀정이에게 해 준 밥, 많은 귀정이들이 먹은 어머니의 밥 한 끼는 사랑이었고 또 30년을 함께할 수 있는 힘이었다.

열사들의 추모사업회가 모두 귀정이처럼 오래 지속되면서 사람들이 많이 모이는 건 아니라고 한다. 귀정이 도서관, 귀정이 장학금 등 귀정이를 통해서 또 다른 어린 귀정이들이 계속 나오고, 좀 더 나은 세상을 위해 당당한 사회의 주인이 되어 가고 있다. 또 다른 귀정이, 그들 역시 귀정이와 함께해 온 30년의 힘이다. 그래서 나는 어린 귀정이들을 보면서 또 귀정이에게 고맙다.

귀정이는 우리를 살아가게 했고, 제대로 살아가게 만들었고, 그렇게 언제나 우리와 함께였다. 30년이 그렇게 흘러 왔다. 30년을 오게 한 힘이다.

우리 귀정이! 고맙고 사랑한다!

귀정 누나에게!

　어제 내린 비로 거리 곳곳에 벗꽃잎이 흐드러지게

떨어졌어. 누나가 가던 날도 비가 내렸었는데….

　기억력이 좋지 않아서인지 누나랑 같이한 추억도 별

로 없네. 늘 공부하란 소리만 하던 잔소리쟁이, 무얼 하

든 지기 싫어하던 누나, 잠 하난 잘 자던 작은누나….

왜 나에겐 누나 기억이 이렇게까지 없는걸까? 문득문

득 조금의 기억밖에 없네.

　어릴 땐 내 걱정 많이 했지? 하지만 시간은 잘도 흘

러서 나도 오십대가 됐고, 풍족하진 않지만 행복하고

바쁘게 살고 있어. 요즘 코로나 때문에 오랫동안 못 가

본 아버지 산소에 다음 주에 다녀오려고 해. 애들하고

어머니 모시고.

　지나간 세월이 벌써 삼십 년이네. 그동안 아이들도

다 키워서 채연이가 스물여덟이 됐고 준태, 성태가 군

제대하고 스물네 살이 됐네. 어머니 건강은 무릎 안 좋

으신 거 빼곤 괜찮으신 것 같아. 엊그제 길에서 넘어지

셨단 얘길 듣고 좀 걱정스럽긴 해. 어머니 자주 찾아뵙

고 건강 잘 살피시게 할게. 큰누나와 매형도 곁에 계시

니 누난 걱정하지마.

누나, 그럼 오월에 보자!

2021년 4월 4일

동생 종수가

30년 전, 그 얼굴

| **서강석** 심산연구회 · 사학 80 |

1990년 4월 중순, 심산연구회에서 심산 김창숙 선생 묘소참배를 가는 날, 봄볕이 따스하게 내려앉았다. 나무들은 연둣빛 새순을 움 틔웠다. 띄엄띄엄 피어 있는 봄꽃들이 봄을 더 봄답게 한다.

"88학번 김귀정입니다."

눈은 맑게 빛났다. 목소리 참 곱다. 후배들을 살피는 배려의 마음이 보였다. 내가 80학번 회장인데, 귀정은 88학번 회장이라고 했다.

그해 깊어 가는 가을이었다. 가끔씩 빨리 오고 싶어 하는 겨울이 앙탈을 부리기도 했다. 귀정이 동아리연합회 부회장으로 출마한다고 했다. 지원 모임이 만들어지고, 일부 모금도 이루어졌다.

"이번 선거 홍보물입니다."

사진 속 귀정의 눈은 여전히 빛나고 있었다.

1991년 5월 25일, 여름을 재촉하는 햇빛이 제법 쪼아 댄다. 최루탄 가스는 눈은 더 따갑게 한다. 한 달째 전국은 거세게 들끓고 있었다.

"강경대를 살려 내라."

"독재정권 타도하자."

시위대 마이크에서 희미하게 성대 여학생의 사망 소식이 들려왔다. 귀정이 이름도 들렸다. 백병원으로 달려갔다. 그 뒤로 귀정을 못 보게 되고, 그때 그 사진만 보며 살게 되었다.

2011년, 귀정이 떠난 지 20년이 되었다. 귀정은 살아 있을 때 딱 두 번 봤다. 귀정 어머니를 더 많이 자주 뵈었다. 그때 그 사진 속 귀정은 수십 번도 더 나를 쳐다보고 있다. 3년째 맡고 있는 민주동문회 회장으로서 귀정의 20주기 추모제를 준비했다. 재학생과 졸업생이 함께 참여하는 행사다. 추모제 기간 동안 전시와 강연회도 개최하고, 600주년기념관 공연장에서 추모 공연도 열린다.

문화기획자 조영신 후배가 무보수 총감독직을 기꺼이 즉답으로 맡아 줬다. 돈은 걱정 말라고 자신 있게 말했다. 당시 문화체육관광부 장관이 민주동문회 회원이었다. 삼성 임원으로부터 지원할 수 있다는 얘기도 들었다. 가장 큰 비용 문제가 쉽게 해결될 것 같았다.

그러나 역시 예산이 문제였다. 문화체육관광부와 삼성의 지원을 받는 것은 강력한 반대에 부딪혔다. 탁무권 성균민주기념사업회 이사장을 비롯한 많은 선배들이 우리의 취지에 맞지 않다며 반대했다. 그 강도가 무척 셌다. 민주동문회 회원들의 모금으로 진행하자고 결론지었다. 제법 소요되는 경비에 걱정이 깊었다. 집행위원장으로서 좀 쉬운 길로 가려고 했던 나 자신이 부끄럽기도 했다.

기금 모금은 각 학번별로, 단체별로 이루어졌다. 학번 대표들을 부지런히 독려하고, 직접 만나기 위해 발로 뛰기도 했다. 사업하는 동문들이 제법 큰돈을 쾌척했다. 멀리 외국에 있는 동문도 모금에 동참했다. 80학번은 동기가 회장이라며 가장 많은 동문이 참여했다. 모금 액수도 최고를 기록했다.

20주기 추모제의 하이라이트는 추모공연이었다. 600주년기념관 공연장 로비는 '만남의 광장'이 되었다. 모처럼 만나는 동기들의 반가운 인사가 오갔다. 졸업 후에 처음 만나는 선후배도 있었다. 귀정을 만난 적도 없는 졸업생, 귀정을 만날 수 없는 재학생도 모두 함께했다. 사진 속 귀정은 흐뭇한 표정을 지었다. 귀정이 만들어 준 어울림 한마당이었다.

사회는 개그맨 정재환 동문과 조영신 총감독이 맡았다. 안치환의 노래가 울려 퍼지자 귀정에 대한 추모의 마음에 숙연해진다. 국카스텐의 공연 때에는 재학생들의 환호가 커진다. 추모의 열기는 점점 뜨거워진다. 공연의 압권은 졸업생들로 구성된 합창단 공연이었다. 3개월 가까이 준비했지만 연습이 충분하지는 않았다. 합창단원 중 30여 년 학번 차이가 나는 단원도 있다. 하지만 열정이 넘친다. 화음도 아주 좋다. 합창의 울림은 가슴과 가슴으로 전해졌다. 그 순간 공연자와 관람자, 기획자는 모두 하나가 되었다.

2021년, 귀정을 추모한 지 30년이 된다. 나는 만 서른 살에 귀정을 처음 만났고, 이제 환갑을 넘겼다. 세월은 흘렀지만 귀정의 얼굴은 30년 전에 멈추어 있다. 그때 그 얼굴 그대로 바라본다. 올해 그 사진 속 귀정은 어떠한 모습으로 나를 바라볼까?

④

서른 번의 봄을 보내며

DATE
NO.

< 1989. 11. 18 >

첫눈이 내렸다.

늦잠을 자다 취강설을 갈 가려고 문을 여니 함박눈이 내리고 있었다.
밖은 너무나 춥다.

한겨울 처럼. 살을 에이는 추위 그리고 더러운은 사람을
초라하고 비참하게 만드는 것 같다.

요즘은 나의 현실과 환경에 대해 많은 생각을 해보았다.
무작정 허터탈할 것이 아니라. 이제는 있는 그대로 을 받아들여야
할 것 같다. 아무리 도망쳐서 이것은. 나의 생활이기
때문이다. 허망한 꿈들을 버리고 나의 미래를 위해.
보다 발전적으로 비상하여야 할 것 같다.

언제 부터인가. 내 몸 곳곳히. 나쁜 습관이 하나둘 배기
시작했다.
책임 없고. 성실하지 못한 생활, 사소한 것일지라도.
지킬수 있는 약속은 게으름으로 인해 깨는 일은 절때 없도록 하자.
복종을 걸겨는 않드래도. 최선은 다해. 나의 책임들을
수행하자.

투쟁하는 자는. 북이 있나니 저희가 영원히 투쟁할것이요.
기다리는 자는 북이 있나니 저희가 영원히 기다릴것이요.
그 리워하는 자는 북이 있나니 저희가 영원히 그리워할 것이오.

우리, 그 모든 날들

| **최주연** 영문 88 |

I

스물셋, 넷, 다섯, 여섯…, 그런 나이에서 어느새 우리는 30년을 지나와 쉰둘, 셋, 넷이 되었다. 30년이라. 너무도 당연한 일이지만, 30년 전 그때는 30년 후 자신의 모습을 도저히 구체적으로 떠올릴 수 없었다. 그저, 우리는 와르르 웃으며 종종 이렇게 말하곤 했다.

"야, 우린 마흔 되고 쉰 되어도 이러고 놀 것 같다! 그렇지 않니?"

'이러고 논다'는 건 술을 핑계로 거의 매일 모여 앉아 만담 같은 재미있는 이야기들을 끝도 없이 주고받는 것이기도 했고, 교문 앞에 죽치고 있다가 아는 얼굴들을 만날 때마다 1천 원, 2천 원씩 '앵벌이'해서 밥을 못 먹었다는 후배들에게 밥을 사주는 일이기도 했고, 교문에서 얼마 떨어지지 않은 한 사회과학서점의 입구 주변, 정확하게는 길바닥에 앉아 새우깡 안주에 소주를 나눠 마시는 일이기도 했다.

사실 '이러고 논다'는 것은 정말 노는 것만을 뜻하는 것이 아니라, 그때의 우리 삶 전체를 의미한다. '과룸'을 문턱이 닳도록 드나들다가 얼굴을 익힌, 대화 한 번 제대로 나눠 보지 못한 이성에게 어느 날 갑작스러운 절박함으로 차 한 잔 마시자는 데이트 신청을 하고는 스스로도 당황하거나, 아무리 바빠도 수업은 '자주' 들어가려 허둥지둥 언덕길을 달려 강의실로 향한다. 군대에 간 첫사랑에게 일기 쓰듯 편지를 쓰고, 등록금과 생활비를 벌기 위해 끝없이 과외를 한다. 엄격한 집안의 통금 시간에 맞춰 귀가하기 위해 저녁 술은 슬기롭게 포기하고 낮술을 마신다. 마석이나 강촌으로 기타를 들고 엠티를 간다. 축제 기간에 일일찻집을 열거나 천막을 치고 떡볶이를 만들고 파전을 부쳐 팔려는데, 누군가가 파가 여기 지천이니 이걸 잘라 넣으면 되겠다며 잔디밭을 가리킨다. 교정 안의 그 잔디밭 여기저기에서는 축제 기간 내내 매일 술판이 벌어진다. 명색이 축제니까 누군가 매우 '부르주아'적인 무려 수박 한 덩이를 사 왔는데, 칼이 없어 그냥 껍질을 부수어 속을 파먹으며 신이 난다. 강남의 어느 여고로 교생 실습을 나간다. 모범생들이 빌려준 강의 노트를 복사해 벼락

치기 시험공부를 하여 A+를 받는다, 연애하고 헤어지고 금방 또 새로운 연애에 돌입한다. 여름, 전라도로 강원도로 농촌봉사활동, 즉 '농활'을 갔다가 '우리 아들이 보석상을 하는데 한 번 만나 보지 않겠느냐'는 말을 듣는다.

하지만, 이렇게 평화롭고 평범한 일상만이 '이러고 노는' 생활의 전부는 아니었다.

입학원서를 접수하러 생전 처음 가 본 교정은 시끌시끌 어수선했다. 대학생 선배들이 삼삼오오 피켓을 들고 몇 미터 간격으로 서서 구호를 외치고 있었다. 말로만 듣던 '대자보'가 게시판을 가득 메우고 있었다. 1987년이었다.

고교 시절 내내 꽁꽁 싸매 두었던 열정과 감성은 대학교 입학과 동시에 당연하고 자연스럽게, 매우 자발적으로 내가 속한 사회에 대한 관심과 행동으로 퍼부어졌다. 부패와 부조리와 불합리와 불공정 앞에 스무 살의 가슴은 뜨겁게 분노했고, 그 뜨거운 마음이 이끄는 대로 달려갔다. 결국, '이러고 노는' 우리의 화두는 '어떻게 살 것인가'였고, 그래서 '이러고 놀' 수밖에 없었다는 생각이 든다.

학교 교정에서 밖으로 진출해 시위를 벌이는 '교투'가 있는 날이면, 학교 담벼락의 기왓장은 남아나질 않았다. 학생들의 진출을 막으려는 전경들과 교문을 사이에 두고 살벌하게 대치하고,

경찰의 해산 촉구 방송이 나오다가 어느 시점부터 최루탄이 발사된다. 박자 맞춰 외치던 구호는 함성으로 변하고, 선봉대는 쏟아지는 최루탄과 전경들의 진출과 백골단의 곤봉에 맞서 짱돌을 던졌다. 짱돌이 떨어지면 담벼락의 기왓장을 깨서 던졌다. 그래 봐야 중무장한 전경과 백골단에게는 그다지 위협도 안 되었지만 별다른 뾰족한 수도 없으니. 스물두셋의 아이들이 마련할 수 있는 가장 큰 무기는 '꽃병'이라고 불렀던 화염병이었지만, 매번 꽃병을 만들어 던질 만큼 여유가 있지도 못했고, 무엇보다 저쪽에서 '공격'이 들어오지 않는 한 먼저 '폭력'을 일으킬 의사가 없었다.

무능한 재단에 대한 퇴진을 요구하며 '학원자주화 투쟁'을 벌이기도 했다. 대자보를 써 붙이고, 지금은 주차장으로 변해 버린 금잔디광장에 모여 구호를 외쳤다. 그럴 때면 율전 캠퍼스의 학우들까지 깃발을 들고 모여들어 장관을 이루었다. 명륜동 캠퍼스가 넓어서 그들과 함께 생활할 수 있다면 참 든든할 텐데, 하고 아쉬워했지만 현실성 없는 바람이었다.

영어회화 수업 시간, 외국인 교수는 창밖에서 울려 퍼지는 '반전반핵, 양키고홈!' 구호에 결국 불평을 내뱉는다. 이 수업이 끝나면 나도 저 구호를 같이 외치러 합류할 것이지만, 그 교수의 불편한 심정이 이해가 안 가는 것도 아니었다.

'잡탕라면' 같은 싸고 푸짐한 분식들을 팔던 학교 후문 쪽 비

좁은 골목에 다닥다닥 붙어 있던 작은 가게들에 최루탄이 떨어져 화재가 일어나고, 겨울이면 창문마다 연기를 풀풀 내뿜는 연통들이 뻗어 나오던, 지금은 사라진 문과대 건물과 중앙도서관 안으로 최루탄도 아닌 '지랄탄'이 쏟아지고, 생활과학대 건물 옥상과 산으로 이어지는 그 위쪽까지 백골단이 쳐들어와 쫓고 쫓기고 맞서 싸우느라 아수라장이 되기도 했다. 백골단이 학교 안까지 침범하는 일은 그리 흔한 일이 아니어서 매우 놀랐다. 우리보다 더 선배들이 대학생이던, 더 엄혹했던 시절에는 이런 일들이 빈번했겠지, 하면서 울분에 찼다.

학교에 들어가려면 교문을 막고 선 전경들의 검문을 통과해야 하는 일이 종종 있었다. 가방에 뭐가 들었는지 보여 줘야 했다. 학교 앞 사회과학서점이 경찰의 불시 수색으로 책을 압수당하는 일도 흔했다.

누구나 자주 꾸는 악몽이 있을 것이다. 40대가 가깝도록 사라지지 않았던 내 악몽 중 하나는 가투에 나가 '백골단'과 대치하거나 쫓겨 다니는 꿈이었다. 음산한 긴장감이 가득한 어두운 거리에서 가슴이 쿵쿵 울린다. 백골단이 언제 '칠지' 몰라 조마조마한 나머지 거의 공포마저 느끼지만, 겁에 지지 않으려 한편 마음을 다잡는다. 그러다 그들이 물밀듯 몰려오고, 결국 쫓겨 도망친다….

'교투'에서는 전경과 백골단에게 밀려도 학교 안으로 퇴각하면 그나마 대부분 안전했지만, 문제는 거리에서 싸우는 '가투'였다. 약속된 시간에 시내의 한 지점에서 모여 시위를 벌여야 하는데, 목적지까지 향하는 길에 검문을 당할 수도 있고, 그 장소에 언제 어디서 지랄탄이 쏟아지고 백골단이 몰려올지 몰라 늘 조마조마했다. 구호 몇 번 외치다 최루탄이 터지며 백골단과 전경이 몰려오면 골목으로, 빈 건물로, 어둑한 카페로, 어느 병원의 뒷산을 넘고 다른 학교의 담을 넘어 뛰었다. 최루탄 냄새에는 치약이 좋다는 말을 어디서 들었는지, 쫓겨간 골목에서 다른 학교 학생이 건네는 치약을 감사히 나누어 받아 코 밑에 발랐다. 최루탄의 지독한 냄새도 마스크 없이 견뎌 내고 말겠다는 오기에서였을까? 손수건 복면이나 마스크를 쓸 생각은 전혀 하지 않았다.

그렇게 지내던 어느 날 갑자기 입영통지서가 날아온다. 한창 혈기왕성하고 바쁜 시기의 청춘에게, 사귀던 여학생과 이별의 인사를 나눌 시간도 빠듯할 정도로 급한 날짜가 박혀 있다. 일상을 함께하며 높은 이상에 맞는 '최고의 사랑'을 가꾸어 가던 어린 커플은 그야말로 '생이별'을 한다. 이렇게 급하게 영장이 나오는 경우는 보통 자대 배치도 멀고 추운 전방의 철책으로 이루어지기 마련이다. 게다가 무슨 훈련으로 비상이 걸리면 몇 개월 동안 면회도 갈 수 없다. 매일 교환일기를 쓸 정도로 시시콜콜 서로의 일상과 감정을 공유하던 그들은 편지 한 장 주고받기 힘들어진다.

II

써야만 하는, 그날의 이야기를 쉽게 꺼낼 수가 없어, 이렇게 많은 문단을 만들어 낸 모양이다.

그날의 날씨, 그날의 공기, 그리고 그날의 느낌이 훗날 내 악몽의 배경이 되었을 것이다. 음산하고, 어둡고, 불길한 공기.

시내의 목적지까지 어찌어찌 도착하긴 했지만, 내가 속해 있던 대열은 강력한 원천봉쇄와 무차별적인 공격에 쫓겨 뿔뿔이 흩어져야 했다. 그날, 지하철 역사 안까지 전경들이 쫓아 들어왔던 것으로 기억한다. 바깥 상황은 어떤지, 다른 출입구로 나가 보려 해도 쉽지 않았다. 다른 역으로 가서 걸어가든가 해야 했다. 그렇게 헤매 다니다가 일단 학교로 향했다. 만남의 장소 역할을 하던 학교 근처 서점으로 향하면서, 저문 태양이 남긴 핏빛 빛살이 잔뜩 낀 진회색 먹구름 틈새로 안간힘을 쓰며 삐져 나오려다 결국 스러지는 것을 보았다. 아니, 그것은 내 기억의 오류가 빚어낸 가상의 이미지일지도 모른다. 그날의 핏빛 빛살이 지금까지 이렇게, 아니 지금 이렇게 갑자기, 생생하게 떠오를 수는 없는 일이다.

뭔가 심상치 않았고, 불길했고, 다들 무사한지 걱정이 되어 두리번거리다가, 나는 들었다. '다쳤다', '쓰러졌다', '병원' 같은 단어들이 이어지는 충격적인 속삭임을. 누군가 "누나!" 하고 비명을 질렀다. 믿을 수 없었다. 모두 마찬가지였을 것이다. 나도 그랬다. 있을 수 없는 일이 일어났다.

나는 귀정을 잘 알지 못한다. 같은 학번으로 같은 학교에 다녔음에도 활동 영역이 달라서인지, 그녀와 인사 한 번, 말 한 마디 나눠 본 적이 없다. 그저, 좁은 교정을 지나며 숱하게 얼굴을 마주쳤을 테고, 그래서 아, 그 사람, 하고 얼굴만은 알 수 있었다. 자그마한 체구에, 선한 웃음이 곱던 사람.

그녀도 나와 다른 공간에서 나처럼, 주변 친구들처럼 '이러고 놀았을' 것이라고 짐작한다. 사랑하고 울고 웃고 화내고 공부하고 일하고 아쉬워하고 후회하고 고민하고 아파하고 꿈꾸면서 바쁘게 살았을 것이다. 고단하고 즐겁고 소소한 일상이 있었을 것이다. 20대의 청춘이었다. 한 가정의 귀한 딸이었다. 한 나라의 국민이었다.

어떻게 살 것인가, 무엇을 할 것인가, 어디로 갈 것인가, 고민하며 치열하게 이끌어 갔을 그녀의 소중한 일상이 하루아침에 갑자기 끝났다. 자신의 의지와 상관없이, 너무도 고통스럽고 잔인하게, 폭력에 의해서.

'토끼몰이식 진압'이라는 어이없고 야만적인 용어를 그때 들었다. 불의에 항거하는 국민을 때려잡아야 할 사냥감으로 치부했다는 뜻이니, 끔찍함에 몸이 떨렸다. 일제강점기도, 전시도, 유신 시대도 아니고, 20세기 현대, 1991년이었다.

고통스럽게 갔을 그녀가, 시신이 되어서도 편치 못했으니, 그 원한을 어찌할까. 백병원에서 20대 초반의 우리는 '사수대'를 조직해 그녀의 시신을 지켜야 했다. 시신을 탈취하기 위해 벽을 뚫고 들어올지, 새벽에 급습할지, 인해전술로 밀고 들어올지 알 수 없는 상황에서 그저 머릿수 하나라도 더 보탤 수밖에 없었다. 같이 모여 있으면 그래도 덜 외롭고, 덜 무섭고, 덜 슬펐다.

노래하는 듯한 어조로 오래오래 통화하기를 좋아하는 지인은 오래전 젊은 남편이 죽던 날에 대해 말했다. 암에 걸린 남편의 고통을 지켜보면서 밤낮으로 돌보던 어느 날, 남편이 끝내 눈을 감았는데, 그때가 하필 꽃이 지천으로 피는 계절이었단다. 어디를 보아도 꽃들이 축제라도 벌이듯, 울긋불긋 여기저기 앞다투어 피는데, 왠지 너무 끔찍해서 차마 똑바로 볼 수가 없었단다. 그 후로 오랜 시간이 지났는데도, 그녀는 여전히 "난, 꽃은 참 별로야…"라고 중얼거렸다.

귀정이 떠나야 했던 날도 '계절의 여왕'이라 불리는 5월에 들어 있었다. 그래서 생각할수록 더욱 마음이 쓰라린지도 모른다. 남이나 다름없는 내가 이런데, 남은 가족들이 받았을 충격과 고통과 상처를 생각하면…, 한 마디도 더 쓸 수 없다. 감히 헤아릴 수 없다. 표현할 수 있는 종류의 고통이 아닐 것이다. 세월이 아무리 흐른다 해도.

III

설거지를 하다가 갑자기 머릿속에 아주 오래된 노래 하나가 떠오른다. 불러본 지 너무나 오래되었다. 그릇을 씻어 내는 요란한 수돗물 소리에 기대어, 나만 들릴 정도의 작은 소리로 머릿속 리듬을 입 밖으로 내어 본다.

세상에 태어나
생의 먼 길을
쉼 없이 걸어갈 때
인간에게서 한없이 소중한
참된 삶이란 무엇인가
조국에 바친 청춘이런가
나를 위한 안락이런가

동지들이여

생각해 보라

참된 삶이란 무엇인가

스무 살에 만난 우리, 각자의 성향과 의지대로 각자의 자리에서 지금껏 비슷하게, 또 다르게 살아왔다. 직장에 다니고, 사업을 하고, 정계로 진출하고, 학교나 학원에서 아이들을 가르치고, 사회단체에서 일하고, 독신으로 살거나 결혼이나 이혼을 하고, 아이를 낳고 길렀다. 아이들은 그때의 우리보다 더 큰 어른들이 되었다. 대출을 받아 집을 사고, 드라마를 보고, 병에 걸려 입원하고, 누군가는 젊은 나이에 세상을 떠났다. 영화를 보고, 늦잠을 자고, 감기에 걸리고, 뉴스를 보다가 결국 화를 낸다. 생전 관심도 없던 크리스마스 트리를 꾸미기 시작한다. 맛집을 찾아다니고, 술을 마시고, 가족의 생일을 기념하고, 운동을 하고, 요리하고 청소하고 등산을 하고 여행을 떠난다. 내가 뽑은 대통령이 '계절의 여왕' 5월에 스스로 떠나 가슴을 치며 며칠을 운다. 야근하고 회의에 참석하고 마감에 쫓긴다. 친구들을 만난다. 광화문에서 촛불을 든다. 희대의 사기꾼에 이어 희대의 무능력자가 대통령으로 당선되자 이민까지 잠깐 고민해 보다가, 내 이 두 눈 시퍼렇게 뜨고 어디까지 가나 보겠다며 꾸역꾸역 그대로 눌러 산다. 배가 가라앉는 것을 속수무책으로 보며 또다시 트라우마를 예감한다. 주말이면 촛불을 들고 시간 될 때마다 알아서 '댓글 방어'를 한다. 대통령을 새로 뽑는다. 영양제를 챙겨 먹는다. 집안 어른들의 상을 치르고, 지인에게 조문 갈 일이 잦아진다. 이사를 하고 인테리어 공사를 한다. SNS에 글이나 사진을 올리고 인터넷쇼핑을 한다. 전 세계적으로 전염병이 돌아 마스크를 필수품으로 챙기고 각자의 침방울을 조심한다. 조심하지 않는 이들을 보면 속으로 혀를 찬다.

귀정이 살아 있었다면 했을 일들은 물론 하지 않았을 일들도 하면서 우리는 산다. 그녀의 기일을 한결같이 지키며 묘를 찾는 친구들이 있고, 한 번도 찾아가 보지 않았으나 문득문득 얼굴만 아는 그녀를 오래 떠올리는 나 같은 사람도 있다. 매미가 맹렬히 울어 대는 뜨거운 계절이 지나고 노인들이 자꾸 떠나는 초겨울이 온다. 미세먼지가 잔뜩 쌓이다가 찬 바람에 날려 간다. 하늘이 차츰 파랗게 맑아진다. 내 아버지의 기일과 친구 아버지의 기일이 같은 날이 되는 날이 온다. 누군가가 죽은 날에 누군가는 태어난다. 나의 오늘은 귀정이 절대 경험하지 못했던 하루이다, 라고 쓰는데 갑자기 울컥하며 두 눈이 뜨거워진다. 갱년기가 오려나, 주책이야. 짐짓 아무렇지도 않은 척 창문을 활짝 연다.

기억은 어떻게
삶의 의미가 될 수 있을까

| 황형욱 국문 90 |

구로사와 아키라 감독의 〈라쇼몽〉은 재편집된 기억이 심지어 자신조차 속일 수 있다고 말하는 영화다. 영화에서 보여 주는 선택적 기억, 기억의 재편집, 꾸며 낸 거짓말에 스스로 속는 모습은 충격적이다. 주관적 기억의 인식과 해석을 두고 '라쇼몽 효과'라는 용어가 생길 만하다.

'라쇼몽 효과'라고 할 수는 없어도 1991년에 대한 내 기억은 최소한 나를 중심에 놓고 있다는 점에서 주관적이다. 김귀정 열사의 죽음을 떠올리는 첫 기억은, 귀정 누이가 아니라 내 부상이다. 5월 18일 '가투'에서 맞은 돌의 흔적이 지금도 인중에 흉터로 남아 있다. 이 흉터가 없었다면, 귀정 누이를 조금은 잊고 지냈을지 모르겠다.

5월 25일은 실을 뽑는 날이었다. 비까지 추적추적 내리는 날,

대규모 집회가 아니라는 걸 예상할 수 있었다. 나는 집회에 나가지 않았다. 미안한 마음을 안고 저녁 뉴스로 채널을 돌리자 화면 가득 낯익은 얼굴들이 보였다. 뉴스에서 나는 김귀정이라는 이름보다 성대라는 이름이, 선후배 동기들의 얼굴이 먼저 들어왔다. 온몸이 떨리는 와중에도 나는 그날 밤, 백병원에 가지 않고 집에서 잠을 잤다. '아직 상처가 아물지 않았는데….'

영화에서는 주관적 기억이 이기심과 연관되는데, 나에게 1991년 5월 25일의 기억은 그날 함께하지 못했다는 죄책감으로 이어진다. 25일 대한극장 앞에 있지 못했고, 백병원에 가는 것을 주저했던 죄책감 때문에 6월 초까지 귀정 누이를 지키려는 투쟁에 열심히 나섰던 것 같다.

그래서인지 돌이켜 보면 1991년 5~6월은 독기로 가득 차 있었다. 말 잘 못하는 내가 지하철역에서 하루 종일 시민들에게 떠들 수 있었고, 끊임없이 떠오르는 겁을 누르고 백골단과 싸우며 백병원 투쟁에 함께할 수 있었다.

귀정 누이의 죽음 이후 투쟁에 대한 기억은, 죄책감과는 또 다른 감정과 연결된다. 당시에 약간은 과장되게 '성대만의 외로운 투쟁'이라는 느낌을 갖고 있었다. 외부 지원 없이 우리끼리 똘똘 뭉쳐서 싸운다는 감정, 일종의 집단적 이기심의 발로일 수도 있을 과장 어린 우월감이 뭔가 특별한 힘이 되었다. 그 과장 어린 우월감에 대한 기억이, 지금까지 김귀정 열사 추모사업을 끌고 오는 동력이 된 것은 아닐까? 우리들은 일종의 집단적인 주관적 기억으로 몸부림치고 있는 게 아닐까?

15~16년 전쯤, 지금은 대수롭지 않은 병으로 병원을 다녔는데, 당시는 꽤 심각하게 죽음을 의식했다. 병원 소독약 냄새를 맡으며 죽음이 두려운 이유를 떠올렸다. 모든 기억의 소멸을 의미하기에 죽음이 두려운 것일 테다. 개인의 기억을 확장하면 집단의 기억이 된다. 그래서 기억의 소멸에 대한 두려움은 사람들을 역사에 집착하게 만든다. '역사는 만들어지는 기억과 강요되는 망각 사이의 투쟁'이라는 명제도 있지 않은가.

이른바 '91년 투쟁'을 함께했던 '우리들' 외에 다른 사람들은 1991년을 다르게 기억하고 있을 것이다. 당시 축제 중이던 건국대에 선전전 갔던 날을 잊을 수 없다. 너무나 평화롭게 축제를 즐기고 있었다. 우리와 동년배인 그 사람들은 그때를 어떻게 기억하고 있을까? 우리와 맞서 싸우던 전경과 백골단은? 정원식 총리 계란 투척 사건을 계기로 반격하여 91년 투쟁의 막을 내리게 했던 김기춘 당시 법무부장관은? 김귀정과 91년 투쟁에 대한 기억을 공유하는 우리들은, 매년 몇 백 명 단위의 추모제 참석으로 91년 투쟁의 우월감 같은 것을 지금도 확인하며 '기억투쟁'을 하고 있는지도 모른다.

많은 사람들이 386세대가 집단적 우월감으로 꼰대가 되어 버린 것이 아니냐고들 한다. 그래서 우리가 너무 과거의 기억에 집착하는 것은 아닐까 생각해 본다. 우리들의 '기억투쟁'이 기억을 왜곡하는 방향은 아니지만 스스로를 과거의 기억에 가두는 것은 아닐까, 이런 걱정도 해 본다.

아이작 아시모프의 SF소설《파운데이션》은 은하계 전역에 10경의 인구가 살고 있는 가상의 미래 세계를 다룬다. 수백 년에 걸친 은하제국과 파운데이션의 흥망사가 파노라마처럼 흘러가는 와중에 지구는 신화처럼, 전설처럼 잊힌 존재가 되었다.《파운데이션》을 읽다가 상상해 봤다. 지구 자체도 잊힐 만큼 오랜 시간이 흐른 뒤에 우리의 삶은 기억될까?

기록도 없고 세상을 떠들썩하게 만들 유물도 나오지 않는 고분군이 우리나라 곳곳에 산재해 있다. 멀리 해남에서 고분군을 보며 어떤 사람들이 이곳에서 살다 죽어갔을까 상상해 본다. 그들도 어떤 형태로든 기억투쟁을 했을 것이다. 거대한 무덤을 축조하는 행위 자체가 기억투쟁이니까. 그들에게는 그것 자체가 삶의 의미가 되었을지도 모르겠다. 아직도 삶이, 죽음이 무엇인지 잘 모르겠지만, 너무 큰 역사적 의미를 부여하려는 욕심만 내

려놓는다면, 우리들의 기억투쟁은 삶의 의미가 되고 있는지도
모르겠다. 어머니가 우리들을 아들딸로 여기고 하루하루의 삶을
살아가는 것처럼….

새로운 약속

| 김봉수 국문 91 |

후배 I의 전화를 놓쳤을 때 백록담에서 하산을 하고 있었다. 전화가 온 것을 확인했지만 전화를 걸 여력이 없었다. 비가 억수같이 쏟아졌고 하산 직후 시작된 무릎 통증이 발을 디딜 때마다 예리하게 무릎 관절을 후벼 팠다. 고통스럽고 긴 하산 길을 마무리하고 렌트카에 몸을 실은 후에야 후배에게 전화를 할 수 있었다. 약간의 미안함과 하산 직후의 안도감이 절묘하게 섞인 탓에 부주의하게 '30주기 추모집 원고 청탁'을 수용해 버렸고, 그후 줄곧 후회를 하고 있다.

《잃어버린 시간을 찾아서》를 쓴 마르셀 프루스트도, 경험에 합당한 언어를 부여하지 않으면 그 경험은 사라지게 된다는 취지의 말을 한 적이 있다. 자신의 독특한 경험에 맞는 섬세한 언어로 자신의 경험을 포착하지 않는 한, 그 경험은 사라지고, 그만큼 자신의 삶도 망실된다. _ 김영민, 《공부는 무엇인가》

제때 합당한 언어를 부여하지 않았기에 이제는 실루엣만 남은 기억들을 늦었지만 지금이라도 포착해 본다.

#1

1991년 4월 26일, 강경대의 죽음 이후 정말 많은 사람이 죽었다. 죽음은 시위로 연결되었고, 김지하는 〈죽음의 굿판을 걷어치워라〉라는 글을 《조선일보》에 기고했다(나는 유서대필 조작 사건의 영감(?)을 김지하가 제공했다는 생각을 종종한다). 김지하는 더 이상 공적인 글을 쓰면 안 되는 사람이라고 생각하는 동시에, "ㅇㅇㅇ를 살려 내라!"라는 구호도 썩 마음에 들지 않았다. 이미 죽은 사람을 어떻게 살려 내란 말인가. 시위에서 사용되는 구호(메시지)는 어떤 조건을 충족해야 하는가, 어떤 점을 조심해야 하는가, 이런 생각을 하는 좀 특이한 새내기였던 것 같다.

#2

'가두 위 새내기new kid on the block'의 시위 지구력은 한 달이 한계였다. 5월 25일에도 시위가 있었지만 고등학교 동창들과 선생님 댁에 찾아갔다. 선생님 댁에서 저녁을 먹다가 잠깐 TV 뉴스를 스치듯 봤는데 복면을 했으나 충분히 알아볼 수 있는 선배들의 모습이 나타났다. 학복위의 (시대를 앞서간) 보라색 '추리닝'을 입고 쇠파이프를 든 선배들이 등장하는 TV 화면과 동시에 전달된 코멘트 또는 자막으로 시위하던 우리 학교 선배가 죽었다는 사실을 알게 되었다.

#3

그 이후로는 거의 백병원에서 살았던 것 같다. 백병원 앞 도로에서 노숙이라는 것을 처음 해 보았다. 서울의 6월이 그렇게 쌀쌀한지 이전에는 전혀 몰랐었다. 종이와 관련된 속담은 '백지장도 맞들면 낫다' 정도만 알고 있는데, '신문지도 덮으면 낫다'를 추가할 수 있겠다는 생각이 들었다.

#4

내 기억이 맞는지 모르겠지만, 경찰이 두 번 '침탈'을 시도했던 것 같다. 그 결정적 순간에 난 두 번 다 집에 있었다. 새벽에 택시를 타고 백병원으로 가면서 참담함과 분노가 섞인 극도의 흥분 상태로 제정신이 아니었다. 이 흥분된 상태는, 아침에 출근하는 사람으로 가득한 지하철 4호선에서 우발적인 지하철 선전전을 하게끔 만들었다. 준비하지도 않았고 계획하지도 않았는데 지하철 4호선 동대문역에서 혜화역으로 향하는 사이에 갑자기 입이 열리고 말이 쏟아지기 시작했다. 전에 지하철 선전전을 하면서 유인물을 돌릴 때 짧은 연설을 하는 선배들을 보며 '저 선배는 어떤 확신이 있기에 저렇게 얘기할 수 있을까?' 궁금했는데, 반드시 확고한 신념이 받쳐 주지 않아도 대중 앞에서 연설할 수 있다는 걸 깨달았다.

5

백병원 인근에는 우리와 같은 일시적인 학생 노숙자들 말고 일군의 상시적 노숙자들이 있었다. 그들은 '밥풀때기'라는 별칭으로 불렸는데, 그들에 대한 혼란스러운 감정이 기억에 남는다. 거의 항상 취해 있었고 잘 통제가 되지 않았던 사람들. 글자로 접한 '기층 민중'과 실제 '기층 민중' 사이의 괴리감이 만들어 낸 불편함까지 더해져, 백병원을 나서고 난 뒤에도 상당 기간 혼란스러웠다.

6

누이의 시신이 교문을 통과하지 못한 채 하염없이 '허락'을 기다리며 비를 맞았던 기억, 금잔디광장에 모인 수많은 사람들과 노제에 참여한 사람들의 많은 숫자에 뿌듯했던 기억, 그리고 그 뿌듯함이 과하여 추모와 장례에 합당한 마음이 아닌 것 같아 부끄러웠던 기억.

'나이는 숫자에 불과하다'는 말은 나이 먹기를 두려워한 누군가의 강박이 만든 말장난이거나, 시니어의 지갑을 쉽게 털기 위한 거짓말이었다. 귀정이 누이는 나이를 먹지 않았지만 나는 30년을 더 살았고, 당연히 많은 것이 변했다. 어리숙함과 순진함이 디폴트로 깔려 있고 예민함과 눈치 없음, 우울함과 발랄함이 상황에 따라 종잡을 수 없게 교차하던 가소성 백퍼센트 시절의 나는 더 이상 존재하지 않는다. 생전의 누이를 알고 있었다면 달랐겠으나, 1991년 5월과 6월의 기억을 좇다가 결국 만나게 된 것은 스무 살의 나였다. 글을 쓰는 내내, 기억 속에서 소환된 1991년의 내가 지금의 나에게 부끄럽게 나이를 먹어 온 것은 아니냐고 약간 따지듯이 묻는다. 뭐라 답해야 하는가?

지나온 30년에 초점을 맞춘 답변은 약간의 변명을 동반한 반성에 가까울 것 같다. 이보다는 앞으로 만나게 될 30년에 초점을 맞춰 답변하는 것이 더 현명한 태도로 보인다. 답변이라기보다는 귀정이 누이와 1991년의 나에게 하는 약속에 가깝겠지만.

'부끄럽지 않게 나이를 잘 먹을게. 잘살게.'

(여기에서 글을 마무리하려 했으나 너무 추상적이다. 며칠 후 다시 글을 이어 간다.) '나이를 잘 먹는 것 그리하여 잘사는 것'은 무슨 의미일까? 반백半百·半白의 나이에 골똘히 생각해 봐야 할 주제인 듯싶다. 앞으로 30년이 지난 뒤 스스로를 돌이켜 봤을 때, '잘 살았다'는 증거 혹은 지표로 체크해 봐야 할 것은 너무 광범위하다. 너무 많은 목표는, 목표가 아예 없는 것과 비슷한 상태를 만든다. 딱 하나만 생각해 보자.

1991년 5월 25일 이후 30년 동안 가장 허약해진 능력은 무엇일까? 이것이 쉰 살 이후 가장 신경을 써야 할 부분인 것 같다. 여러 가지가 떠올랐지만 '공감 능력'을 유지하고 키워 가는 것이 핵심이라고 정리했다. 세상 어딘가의 절규, 눈물에 눈과 귀를 닫지 않는 것. 그것을 연대라 부를지, 측은지심이라 부를지, 기부라 부를지, 시위라 부를지, 봉사라 부를지는 모르겠으나(그때그때 다를 수 있겠으나) 내 앞가림에 매몰되지 않고 세계와 연결된 존재, 세계의 일부로서 나를 인식하고 행동하는 것.

스무 살의 나, 그리고 하늘나라의 귀정이 누이에게 부끄럽지 않게 나이를 먹기 위한 30년의 약속이다.

내 젊은 날의 증거

| 김수일 경제 89 |

1991년, 참 많은 일들이 있었던 해입니다. 냉전시대의 종말을 알리듯 소련은 해체되고 상징처럼 레닌 동상이 철거되었지요. 국내에서는 비록 직선제를 통해 선출되었지만 광주학살의 주범인 노태우가 대통령을 하던 시절이었고, 백주대낮에 시위 중인 학생이 경찰이 휘두른 쇠파이프에 맞아 사망하는 사건이 발생한 해였습니다. 그리고 딱 한 달 후였지요. 이 날짜는 아무리 세월이 흘러도 잊히지가 않습니다. 명지대의 강경대 학생이 사망한 날이 4월 26일이고, 딱 한 달 후인 5월 25일 귀정이 누나도 시위 중에 사망했지요. 그 뒤로도 이른바 '분신 정국'이라 불릴 만큼 참 많은 학생과 노동자들이 애타게, 간절하게 갈망하는 바를 앞당기고자 스스로 목숨을 던졌습니다.

서슬 퍼런 군부독재 시절 '오적五賊'을 말하던 김지하는, 《조선일보》칼럼을 통해 '죽음의 굿판을 걷어치워라'라는 요설을 내뱉고, 서강대 총장 박홍은 잇따른 죽음에 배후세력이 있다고 떠들었지요. 말하는 혀를 뽑아 버리고, 글을 갈긴 펜을 뺏어 그대로 심장을 찌르고 싶었던 당시의 분노가 새삼 기억납니다.

그런 바람잡이 후에 강기훈 유서대필 조작 사건이 발생했습니다. 결국 집권세력은 그 많은 죽음 뒤에 배후세력이 있다는 식으로, 이른바 '분신 정국'을 덮으려 했고, 그 증좌로 유서를 대필했다는 사건을 만들어 낸 겁니다. 당시 법무부장관이 김기춘이었고, 담당 검사가 요즘도 국회의원을 하면서 사과는커녕 일말의 가책도 느끼지 않는 곽상도입니다(TV에서 곽상도를 볼 때마다 살의를 느낍니다. 아직까지도).

강기훈 씨는 2015년 대법원에서 최종 무죄판결을 받았습니다만, 그 오랜 세월 동안 어떤 상처를 받았을지 어떤 짐을 짊어졌을지 짐작조차 가지 않습니다. 글을 본격적으로 시작하지 않아도 이 정도 내용이 쏟아져 나오는 그런 한 해 였습니다, 1991년은.

참 많은 일들이 있었던 1991년이었지만, 제게 1991년 기억의 시작은 한진중공업의 박창수 노조위원장부터 시작됩니다. 당시 저는 총학생회에서 노학연대사업부 차장으로 활동했고, 밤에는 야학의 교사를 했습니다.

귀정이 누나 추모글에 다소 상관없어 보이는 한진중공업과 야학 얘기를 꺼내는 건 저의 과거와 현재가 맞닿아 있는 지점이라서 그렇습니다. 당시를 기억하고 얘기하려면, 그리고 현재의 의미를 짚으려면 이 두 이야기를 빼놓을 수가 없어요, 제게는.

저는 당시 일반적인 학생운동권의 성장 과정(?)과는 많이 다른 궤적을 그렸습니다. 2학년 1학기 때 한 동아리의 회장을 하면서 동아리를 운동권 성향으로 바꿔 보려 했는데 잘 안 됐습니다. 지금 생각해 보면 그냥 좀 의식 있는 척, 멋있어 보이고 싶었던 것 같습니다. 나름 오랜 역사를 가진 동아리였고, 학생운동과는 무관한 동아리였기에 조급증이 났지요. 흔히 말하듯 한 사람의 열 걸음보다 열 사람의 한 걸음이 소중할 텐데…. 돌이켜 보면 제가 열 걸음을 디딘 것도 아니었고, 뭣도 아니면서 그냥 구성원들을 한 수 아래의 속물들 취급을 했던 것 같습니다. 의식의 기저에서. 아무튼….

2학년 1학기 동아리 회장을 마치고 2학기가 되자 붕 뜬 상황이 되었습니다. 애초부터 과에서는 별다른 친분이나 활동도 없었고, 계속 관계를 맺어 온 동아리에서는 저를 부담스러워하고, 저 또한 부담스럽고. 그러다가 우연히 벽보를 보고 찾아간 곳이 야학이었습니다. 검정고시 야학이었는데 소위 '마찌꼬바'라 불리는 곳에서 노동하는 어린 노동자들이 주 학생이었고, 연배가 있는 분들도 꽤 있었습니다. 그곳에서 참 많은 걸 느끼고 여러 가지 생각을 했던 것 같습니다. 따지고 보면 몇 살 차이도 나지 않는데, 나보다 더 치열하게 살아가는데…, 세상은 참 불공평하더라구요.

'이런 불평등을 바꾸려면 학생운동을 해야겠다.' 그게 제가 내린 결론이었고, 3학년 초(아니면 2학년 겨울인지는 정확히 잘 기억이 나지 않아요) 동아리 회장을 할 때 알던 88학번 김익준 형에게 찾아가 '나 데모 좀 시켜 달라'고 해서 노학연대사업부 차장이 되었습니다(익준이 형은 노학연대사업부 부장이었습니다). 그런 사연으로 낮에는 총학생회 간부, 밤에는 야학 교사로 지냈습니다, 저의 1991년은.

강경대가 사망하고 계속 이어지는 ○○○대회('범국민대회'였던가 암튼 뭔가 거창한 이름의 집회가 계속 있었습니다)에 지쳐서 총학생회 사무실에서 의자를 붙이고 한숨 눈을 붙이고 있던 5월 초의 어느 날이었습니다.

"수일아, 노동자 한 분이 돌아가셨는데, 상황이 심각한 것 같다. 네가 가 봐라."

그 말을 듣고 간 곳이 안양병원의 장례식장이었습니다. 백주 대낮에 쇠파이프로 대학생을 때려죽이던 시기였으니, 노동자들에게는 더했었지요. 노조를 와해시키려고 안기부에서 대놓고 공

1991년 5월 7일 새벽, 박창수 열사의 시신을 탈취하려고 안양병원 영안실 벽을 뚫고 난입한 백골단의 모습. 박창수 열사는 부산 한진중공업 노조위원장으로 서울구치소 수감 중 의문의 죽음을 당했다.

작과 협박을 하고, 노동탄압의 강도 또한 지금으로서는 상상하기 힘들 정도의 수준이었습니다.

당시 안기부가 발표한 박창수 노조위원장의 사망 원인은 회의로 인한 투신자살이었는데 시신은 상처 하나 없이 깨끗했고, 옥상에서 투신했다고 했는데 옥상은 잠겨 있었고, 무엇보다 투신했다는 사람이 엎드려 있는 게 아니라 하늘을 보고 똑바로 누워 있었지요. 더 황당한 건 시신이 있는 영안실 벽을 뚫고 들어와 시신을 탈취해 간 것입니다.

사명감, 소명의식 같은 걸 느꼈던 것 같습니다. 학생들은 다소 관심이 떨어질 수 있는, 계속되는 집회에 지쳐 있는 상황이겠지만 이건 결코 그냥 넘어갈 수 있는 일이 아니고 제대로 알려야 되는 일이다 등등. 당시에는 워낙 많은 일들이 있어서 잘 못 쓰는 글씨인데 제가 매직으로 직접 대자보를 쓰고, 금잔디광장 집회에서 아마도 처음 마이크도 잡아 봤던 것 같습니다.

연이은 대학생 위주의 시국집회와 시위, 노동자 연계 활동, 야학 교사…, 그런 생활들이 계속되는 와중에 또 하나의 시위였죠. 5월25일은. 잠깐 참여했다가 야학에 가려고 일찍 집회를 빠져나왔습니다. 야학이 거여동에 있어서 가려면 멀었거든요.

야학에서 수업을 하고 있는데 교감선생(이라고 해도 대학생, 당시 다른 학교 4학년)이 잠깐 나와 보라고 하더군요. 그때는 핸드폰은 물론 삐삐도 없던 시절이라 야학으로 전화가 왔었나 봅니다. 그때 귀정이 누나가 사망했다는 얘기를 전해 들었습니다. 아직까지 살면서 그렇게 많은 사람 앞에서 오열을 한 건 그때가 처음이자 마지막이었던 것 같습니다. 그 연락을 받고 귀정이 누나 시신이 있던 백병원에 갈 때까지는 사실 아직도 잘 기억이 제대로 나질 않습니다. 계속 쏟아지는 눈물에 앞도 잘 안 보이고 끓어오르는 분노로 이성도 마비되고….

박창수 노조위원장 일을 겪었기 때문에 시신을 절대로 사수해야 된다는 생각이 들었고, 어쩌면 그 과정에서 저 또한 큰일을 당할 수도 있겠다는 공포와 그것까지 각오해야 한다는 비

장함…, 그런 여러 가지 감정과 생각들이 소용돌이치는 가운데 '텍'(당시에는 텍이라고 했습니다)이 있던 동국대 근처(였던 거 같습니다)에 집결하여 전경을 뚫고 백병원으로 들어갔죠. 앞서도 말했듯이 사실 정확하게 기억 나지는 않습니다. 당시 감정의 소용돌이는 뚜렷하게 떠오르지만, 어떻게 어디에서 어떤 방식으로 들어갔는지 그 과정은 잘 떠오르질 않아요. 이후 박스와 신문지의 놀라운 보온 효과에 감탄하며 그렇게 노숙(?)으로 시신을 지키던 날들이 계속되었습니다.

마석 추모공원으로 모시는 날, 그날 비가 참 많이 왔어요. 정문으로 못 들어간다는 유림들 반대에 당시 총학생회장이었던 기동민 형이 정문 앞에서 무릎 꿇고…, 한동안 눈물이 말랐었는데 그때 정문 앞에서 서럽고 억울해서 눈물이 참 많이 났던 기억이 납니다. 우여곡절 끝에 학내를 돌아보고 마석 추모공원에 귀정 누나를 안장했지요.

그리고 2011년.

한진중공업의 해고노동자인 김진숙 지도위원이 크레인 위에서 농성을 했습니다. 많은 사람들의 공감, 연민, 연대가 '희망버스'라는 형태로 이어졌습니다. 세상 일에 딱히 관심을 두지 않는 그냥 직장인이었는데, 무엇이 저를 동하게 했는지는 잘 모르겠

1991년 6월 11일 성균관대 교문에서 김귀정 열사의 학교 진입을 막는 유림들에게 무릎을 꿇은 채 진입 허락을 읍소하는 총학생회장단과 불문과 학우들.

어요. 트위터를 통해 김진숙 지도위원과 소통하고, 희망버스를 통해 부산의 한진중공업을 들락거리게 되었지요. 사실 몇 번째 한진중공업을 방문하면서도 1991년 안양병원의 그 의문사한 노동자가 한진중공업이었다는 것도 까맣게 잊고 있었습니다. 발걸음이 잦아지면서 노동자 분들과 친해지고 크레인 밖에서 이런저런 얘기를 나누다가 서로 깜짝 놀랐었지요.

"안양병원에 수일이 너가 왔었냐?"

"아, 맞다, 그때 그분이 한진중공업 노조위원장이셨죠!"

"그때 우리 한진중공업 노조가 성대에 갔었는데, 기억 안 나?"

저는 박창수 노조위원장을 기억하고, 한진중공업 노조원들은 귀정이 누나를 기억하더군요. 당시 얘기를 같이 들은, 희망버스를 통해 알게 된 한참 아래 학번의 학교 후배와 마석에 갔었는데, 그 사진을 보고 김진숙 지도위원도 '참 고왔던 사람이었는데…' 하면서 당시의 기억을 떠올리고….

'이렇게 살아 있고, 이렇게 이어지는구나, 귀정이 누나는'

그런 생각이 들었습니다. 김진숙 지도위원이 농성하던 '85크레인'을 같이 보고, 같은 마음이었던 부산 사람과 인연이 되어 2012년에 결혼까지 하게 되었습니다. 한진중공업과 저는 보통 인연은 아닌 것 같습니다.

'귀정이 누나'는 내 젊은 날의 증거와 같은 존재가 아닐까 생각했습니다. 미련할 만큼 순수했고, 열정적이었고, 양심적이고자 했고 뜨거웠던 젊은 날의 상징이자 증거. 이른바 '사회 물'이 많이 들어 흔들릴 때 다시금 생각하게 하는 최종 양심의 보루와 같은 저지선.

코로나로 인해 마스크를 반복적으로 오래 착용해 보니 너무나 당연해서 몰랐던 걸 새삼 느끼겠더군요.

'아, 나는 참 숨을 많이 쉬는구나. 내 숨은 이렇게 뜨거웠구나.

아직도, 여전히 내 숨은, 내 삶은 뜨겁구나.'

'귀정이의 삶'을 산다는 것

| 주희준 휴머니스트 87 |

1991년 서울 한복판 퇴계로에서 벌어졌다. 국가는 백골단과 경찰을 동원해 '토끼몰이'를 했다. 그리고 2021년은 김귀정 열사 사망 30주기를 맞는 해이다. 대학 생활과 더불어 김귀정 열사와 함께해 온 30년은 주희준에게 어떤 의미일까 되짚어 본다.

시대와 대학이 연결시켜 준 인연이 두 분 있다. 백기완 선생님과 김귀정 열사. 주희준에게 둘은 하나다. 늘 투쟁의 현장에 계신다. 늘 분명한 어조로 말씀하신다.

"이봐, 주희준. 똑바로 살아."

금잔디광장과 대학로에서 불호령하듯 눈에 힘주어 이야기하던 백기완 선생님은 2021년 2월 15일 좋은 세상으로 가셨다.

김귀정 열사는 나에게 특별하다. 대학 1년 선후배 사이다. 귀

성균관대 금잔디관장에서 열린 김귀정 열사 장례식에 참석한 백기완 선생님(왼쪽)과
문익환 목사님(오른쪽). 사진: 현장사진연구소 이용남 사진가 제공.

정이는 심산연구회, 나는 휴머니스트. 우리는 구대학원 건물 동
아리연합회에서 살다시피 했다. 학생회 활동, 변혁을 위한 비합
법 조직운동, 일상생활까지 함께한 한 식구였다. 귀정이가 동아
리연합회 총무일 때 나의 등록 문제를 앞장서 해결해 주기도 했
다. 귀정이가 떠나고 거의 매년 5월 25일 기일에는 추모행사에
빠지지 않으려고 애썼다. 이제는 귀정이 어머님, 언니 등 가족이
한 식구다. 요즘은 귀정이 조카 유진이를 텔레비전 〈노는 언니〉
프로그램에서 보는 즐거움도 크다.

귀정이가 일기에 남긴 "10년 후에 나는 어떤 모습으로 세상을 살아가고 있을까?"라는 물음과, "한 가지 확실한 것은 나의 일신만을 위해 호의호식하며 살지만은 않을 것이다. 결코 그렇게 살지 않을 것이다"라는 다짐이 늘 나를 일깨운다.

똑바로 살라는 백기완 선생님의 불호령이나, 일신만을 위해 호의호식하며 살지 않겠다던 김귀정 열사의 다짐은 주희준에게는 하나다. 살아 남은 주희준의 삶의 방향이며 원칙이다. 그때 배우고, 느끼고, 다짐한 대로 흔들리지 않으려 애쓰며 30년을 줄곧 그렇게 살았다. 한눈 팔면 큰일이라도 나는 줄 알았고, 원칙에서 벗어나면 무슨 일이라도 생기는 줄 알면서 살았다.

정의당의 지방 공직자로 공익의 발전을 위해 살고 있는 주희준에게, 진보정치의 기준은 귀정이일지도 모르겠다. "나의 일산만을 위해 호의호식하지 않겠다"던 귀정이의 다짐이, 30년 세월 나의 다짐이다. 이제 바람이 하나 있다면, 지금도 왕십리에서 노점을 하고 계시는 귀정 어머님이 오래오래 건강하셨으면 하는 마음뿐이다.

30년의 대화

| 정하경 국문 90 |

연탄재 함부로 발로 차지 마라.

너는

누구에게 한 번이라도 뜨거운 사람이었느냐.

_ 안도현, '너에게 묻는다'

오랜만에 동장군이 기세를 떨치니 따뜻한 게 더 그립고 소중하게 느껴진다. 연탄은 사력을 다해 불을 지펴 온기를 만들었기에 재로 남게 되었다. 어릴 적 구멍가게나 대합실에서 매캐한 가스 냄새와 함께 온기를 나눠 주던 연탄난로의 풍경이 그리워진다. 연탄재는 눈 내린 다음 날 내리막길에 뿌려 주면 미끄럼을 덜어 주는 역할을 솔찬히 해냈다. 나의 삶도 그러해야 할 것이다. 죽을 힘을 다해 살아가면 그 온기가 누구에겐가, 세상 어디

에든 전해질 것이다. 가슴이 뜨거웠던 젊은 날, 그렇게 죽을 힘을 다해 살았던 '아름다운 사람'이 있었다. 그 사람의 이름은 김귀정!

1991년

그해는 정말 많은 열사들이 나왔다. 5월 25일 비가 부슬부슬 내리던 그날, 충무로 대한극장 앞 가두투쟁이 진행됐고 백골단의 토끼몰이식 진압에 우리의 동지, 우리의 누이 김귀정이 사망했다. 시신이 안치된 백병원으로 집결해 시신을 탈취하려는 적들을 '바리케이드 전사'가 되어 막아 냈다. 당시 전대협출범식이 있어서 다른 학교의 지원은 거의 없었다. '지하를 거점으로 서울을 장악하라!'는 명령이 떨어졌고 청년심산들은 지하철 역사에 간이분향소를 설치하고 폭력정권 살인정권 퇴진을 목놓아 외쳤다. 모금함에는 생각지도 못한 애정이 넘쳤다. "너무 이쁜 저 아이를…", "힘내서 열심히 하라", 아직도 기억이 생생하다.

장례식을 치르기 위해 학교로 열사를 모셔야 했지만 유림 단체의 반대로 정문을 통과하지 못하게 되자 모든 청년심산은 비내리는 도로에 무릎을 꿇었다. 제발 우리 귀정이 학교로 다시 돌아가게 해 달라고. 노제를 마치고 마석 모란공원에 열사를 모시던 날, 타닥타닥 큰 소리를 내며 타오르던 만장의 대나무 타는 소리가 들린다.

현재 1 – 가정평화유지군

코로나 확진자가 하루 1천 명을 넘었다. 연말 송년회 약속이 몇 개 있었지만 누구랄 것도 없이 하지 말자고 한다. 코로나 상황이 악화되기 전, 친구들과 오랜만에 만났다. 코로나가 장기화되면서 집이나 회사에서 겪는 고충에 대한 넋두리와 하루빨리 코로나가 끝나야 한다는 간절한 바람으로 이야기가 시작됐다.

자연스럽게 고위공직자범죄수사처 설치 법안이 반드시 통과되어야 하고, 나아가 수사권·기소권 분리도 동시에 진행시켜야 한다며 목소리가 높아졌다. 집값이 너무 올라 걱정이라는 얘기도 나왔다. 집을 가지고 있어 다행이지만, 지금 추세라면 무주택자들은 어느 세월에 내 집을 마련할 수 있겠냐는 걱정들이 이어졌다. 한 친구가 아들 수능시험이 얼마 안 남았다는 말을 꺼내자 다들 시험 잘 볼 거라고, 이번 고3이 코로나의 가장 큰 피해자라고 이구동성으로 위로했다. 아이들을 학원 보낼지 말지 고민이라고 했더니, 대학입시 얘기하는데 보습학원이 웬 말이냐며 빠져 있으라는 핀잔을 들었다. 그렇다. 난 서른일곱 느지막이 결혼해 초등학교 4, 5학년 아이들을 두고 있다. 쉰 살이 됐을 때 딸아이가 내 별명을 붙여줬다. '반백半百 정하경 선생'이란다. 우리 집에서 아빠가 1등하는 건 나이밖에 없단다. 가만히 생각해 보니 난 집안의 집사요, AI요, 셰프이며, 종합적으로 가정평화유지군으로 역할을 성실히 수행 중이다.

현재 2 – 직업

친구들과 모임을 마치고 돌아오는 길에 대한민국에서 집은 무엇인가 생각해 봤다. 나는 부동산 업계에서 20년째 일하고 있다. 영끌(영혼까지 끌어모으다) 대출, 패닉바잉(공포 구매) 등의 신조어가 생겨날 정도로 부동산이 전 국민의 이슈가 되었다.

문재인 정부의 부동산 정책은 규제 강화를 통한 수요억제책이 근간을 이룬다. 우리나라 부동산 시장의 문제는 투기 세력의 다주택 소유가 근본 원인이라는 데 바탕을 두고 있다. 자세히 들여다보면 다주택자들이 임대사업을 통해 각종 세금 혜택을 보고 있으니, 이를 개선하기 위해 '임대차 3법'을 통과시켰다. 여기에 대출 규제, 세금 강화 조치가 더해졌다. 그런데 부동산 대책 발표 이후 시장이 안정되고 정책 효과가 실현되는 게 아니라, 오히려 전세난이 심해지고 집값은 계속 상승하는 양상을 보이고 있다.

나의 짧은 생각으로는, 현 시기 부동산 상승은 저금리 기조와 그에 따른 풍부한 유동성에 기반한 글로벌 경제 환경에서 원인을 찾아야 한다. 시장의 유동성이 풍부해지면 자산 가격이 상승하게 된다. 낮은 이자를 받고 은행에 맡기느니 부동산이나 주식으로 더 큰 수익을 노리는 게 현명한 선택이라며 많은 이들이 동참하고 있다. 그런데 규제를 강화하다 보니 실거주 목적의 1주택자도 재산세, 양도세 강화의 대상이 되었다. 대출도 소득 기준으로 한도를 정해 무주택자의 기회는 더 줄어들었다. 정부는 내 집 마련의 '주거사다리'가 끊어지려 하니 임대주택을 충분히 공급해 '주거사다리'를 만들려고 한다. 너무 많은 것을 짧은 기간에 과도하게 밀어붙이지 않았나 싶다. 어느 정도 시장의 역할을 인정하고 선택과 집중을 통해 정책의 방향을 정했어야 한다. 정책 시행의 시기, 속도, 범위를 좀 더 신중하게 검토했어야 한다. 집을 사는 게 좋겠냐고 물었던 지인들에게 족집게처럼 시원하게 답을 해 주지 못했는데 지금은 어떻게 되었을까. 내 집 마련이 걱정이라던 네 살짜리 쌍둥이아빠 우리 조카도 걱정이다.

다시 1990년

대학 1학년인 나는 돈암동 철거반대 연대투쟁에 나섰다. 철거깡패들은 쇠파이프와 쇠사슬로 무장하고 강제철거에 나섰고, 철거민들은 주거 대책을 마련하라고 요구하며 온몸으로 맞섰다. 재개발이라는 이름 아래 포크레인을 앞세워 강제철거가 시작되면 폭력이 난무했다. 강제철거에 맞서다 큰 부상을 입는 철거민들이 계속 늘어났다. 원시시대부터 지금까지 의식주가 인간 삶의 기본 요소인데, 사회가 발전해도 해결이 안 되는 현실이 너무도 뼈아팠다. 신정동 철거반대투쟁에도 동참했다. 서울 곳곳에 삐까번쩍한 아파트들이 빠른 속도로 늘어나고 있는데, 철거촌은 당장 살집이 없어 속수무책이었다. 답답함이 밀려왔다. 철거 지역의 세입자들이 안전하게 옮겨 갈 수 있는 방법은 없을까? 그래 임대아파트. 이것이 약자들에게 정부가 필요한 이유가 아니겠는가. 밤새 철거반대 농성을 하며 몇 번이고 되뇌었다.

30년의 대화

나는 반백半百 정하경 선생이다. 집에서는 가정평화유지군으로 복무 중이며, 아이러니하게도 젊은 날 철거반대투쟁을 하던 나는 부동산 업계에서 일하고 있다. 몇 년 뒤면 정년이 될 터이고 늦은 감이 있지만 노후 준비를 시작해야 한다. 대학에 입학한 지 30년이 지났고, 내년은 귀정 누이 30주기이다. 젊은 날의 뜨거운 피가 아직 흐르고 있을까? 귀정 누이의 추모식에서 〈임을 위한 행진곡〉을 부를 때 뜨끈해지는 가슴은 무엇인가. 노래 하나를 불러 본다.

나의 삶은 얼마나 진지하고 치열한가

오늘밤 퇴근 길 거리에서 되돌아본다.

...

마음이 고달플 때면 언제라도 웃음으로

나의 사랑과 믿음이 되는

동지들 앞에 나의 삶은 부끄럽지 않은지.

– 노래 〈동지들 앞에 나의 삶은〉

서른 번의 봄을 보내며

| 임규근 국문 90 |

1991년 5월 25일.

나에게 그날은, 3월 수유리 가두투쟁에서 잡혀 구치소에 갇힌 후 꼬박 두 달을 살다 집행유예를 받고 풀려난 날이기도 했다. 그리고 귀정 누이가 독재정권에 처참하게 살해된 날이다. 1991년은 한국 현대사에도 나에게도 참으로 징글맞은 해였다. 수많은 사람이 독재타도를 외치다 감옥에 갇히거나, 고문을 당하거나, 경찰의 몽둥이에 맞아 쓰러져 죽거나, 잔인한 토끼몰이식 진압에 숨이 막혀 죽거나…. 독재정권, 가두투쟁, 백골단과 곤봉, 쫓김, 구속, 고문에 대한 공포, 구치소, 재판, 집행유예, 그리고 죽음(사실은 독재정권에 의한 타살)! 1991년 봄은 내 머릿속에 이런 스산한 낱말들을 빼고는 도저히 설명할 수 없는 무채색으로 각인되어 있다.

3월에서 5월 사이의 봄은 눈이 부시다 못해 숨이 막힐 지경으로 사람 애간장을 녹인다. 겨우내 숨죽이고 있던 만물이 앞다투어 제각기 수만 가지 빛깔을 뿜어내며 소란스럽기 때문이다. 스무 살 청년들 역시 이 한가운데를 지나며 자신과 세상을 바꿀 희망의 노래를 부르며 몸과 마음이 한층 더 단단해지고 커지는 성장통을 겪는다. 하지만 1991년 그때 스무 살 우리에게 들리는 건 독재에 맞서다 스러져 간 죽음의 진혼곡들뿐이었다. 슬플 겨를도, 성장통에 몸살을 앓을 겨를도 없었다. 한낮 종로 거리와 대성로, 동대문 지하철역 안에서 뺨을 타고 흐르는 건 오월의 빗물에 씻긴 최루탄인지 눈물인지 알 수 없었다.

서른 번의 봄을 보내고 오십 줄을 넘긴 우리는 또 그날을 앞두고 있다. 제 이모의 눈망울을 쏙 빼닮은 유인이가 '노는 언니'들 옆에서 재잘대며 수줍은 듯 맞장구를 친다. 저 아이의 저렇게 까맣고 예쁜 눈망울을 TV를 통해서 볼 수 있다니, 그때의 스무 살 김귀정을 만난 것 같아 반갑고 아련하다.

서른 번의 봄을 보내며 우리는 참 많은 일을 겪었고, 또 세상을 더 나은 쪽으로 살짝 옮겨 놓은 것 같기도 하다. 하지만 여전히 우리가 그때 꿈꾸던 그 세상인가 하는 물음에는 쉽게 고개가 끄덕여지지 않는다. 징글맞은 그때로 되돌리고 싶어 안달하는 독재 잔당들이 옷만 갈아입은 채 여전히 온갖 술수로 세상을 어지럽히고 있다. 곳곳의 그늘에서는 소외당하고 고통받는 이들의 신음이 여전히 넘쳐난다.

"나의 일신만을 위해 호의호식하며 살지만은 않을 것이다"라고 일기장에 적으며, 10년 후 어떤 모습으로 세상을 살아가고 있을지 고민했을 김귀정 열사의 모습이 그려진다.

귀정 언니, 그리고 아버지

| **추희숙** 1991년 총학생회 선전국장·신방 88 |

1991년 5월 25일.

비가 추적추적 내리던 오후, 총학생회 사무실에 있던 나는 귀정 언니가 대한극장 부근에서 시위 도중 사망했다는 느닷없이 날아든 비보에 망연자실했다. 우선 교내 학우들에게 알려야겠다는 생각에 대자보 속보를 써서 중앙도서관과 교내 곳곳에 붙였다. 무심히 내리는 비에 글씨가 이미 번지기 시작했고, 내 마음도 천천히 무너져 내렸다.

한 해 뒤 5월 23일.

암으로 투병하시던 아버지는 항암제로 인한 탈모로 모자를 쓰시고 야윈 몸으로 고통스러워하다 새벽에 눈을 감으셨다. 군대 간 막내의 빈자리를 채우지 못한 채 가족들이 지켜보는 가운데 마지막 호흡을 길게 남기고 내 곁을 떠나셨다.

해마다 5월 마지막 주가 시작되면 아버지 기일과 귀정 언니의 기일이 함께 돌아와 늘 마음 한구석에 무거운 짐을 지고 있는 것 같았다. 그건 아마도 아버지를 생각하는 마음과 귀정 언니를 기리는 마음을 온전히 표현하지 못하고 사는 나 자신에 대한 허전함 때문이었을 것이다.

　1988년에 시작한 대학 생활은 가치관의 혼란과 모든 것이 낯선 객지 생활에 적응해야 한다는 두려움으로 점철되어 있었다. 철학책을 읽고 친구들과 토론하고 집회에 참석하면서, 개인의 목적을 추구하는 삶보다는 몸담고 있는 사회와 내가 속한 조직을 먼저 생각하는 삶이 더 중요하다는 쪽으로 가치관이 바뀌게 되었다. 사회의 민주화가 필요하다고 느꼈고, 역사의 발전 단계에서 앞으로 나아가기 위한 우리 사회의 변혁이 무엇보다 중요한 나의 화두가 되었다. 그것을 위해 나를 던지는 것이 옳은 일이고, 우리 사회를 책임지고 혁신할 주체는 이런 생각을 하는 젊은이들이며, 내가 그중 한 사람이라는 생각에 이르게 되었다.

'분신 정국'으로 일컬어지던 귀정 언니가 죽은 1991년 봄은 학내에서 장례식을 치르느라 눈코 뜰 새 없이 바쁘고 생각할 틈 없이 흘러갔다. 토끼몰이식 진압으로 시위 현장에서 사망한 귀정 언니의 부검과 정국의 추이를 주목하고 이후 대처 방안을 생각하기보다는, 장례식을 무사히 치르고 언니의 가는 길이 편안할 수 있도록 준비하는 일에 매달려 정신없이 시간을 보냈다. 그 과정에서 민주화운동을 하는 여러 어르신들, 여러 사회단체와 다른 대학 홍보 담당 학우들을 만나 많은 것을 배우고 경험했다. 유림 어르신들의 반대로 언니의 관이 정문이 아닌 후문으로 들어올 수밖에 없었던 상황은, 우리가 예견하기 힘들었던 오래된 사회관습의 실체를 경험한 잊지 못할 사건이었다.

귀정 언니가 떠난 지 30년이 되었다. 내년이면 아버지가 돌아가신지도 30년이 된다. 팔순잔치에서 귀정 언니 어머님의 건강한 모습을 뵈니 기뻤고, 1991년 당시의 영상을 보면서 나도 모르게 다시 눈물이 났다.

이제는 좀 마음 편하게 언니도 아버지도 마음에 담아 둘 수 있게 된 나를 바라본다. 올해에는 함께 그 어두웠던 터널을 지나온 그리운 얼굴들을 다시 볼 수 있으리라 생각하니 벌써부터 마음이 들뜬다. 남은 생을 어떻게 살 것인가 되짚어보는 시간을 가져 봐야겠다.

해변의 여인
···STOP 1990, START 1991

| 주형준 제3세계연구회 87 |

"물 위에 떠 있는··· 해변의 여인아~"

신은 공평하다. 모든 재능을 한 사람에게 다 주지 않았다. 1989
년인지 1990년인지 기억은 흐릿하지만, 잠시 먼눈팔며 몇몇 학
우들과 노래방에 갔을 때 당시 마이크를 거쳐 방 안에 흘러나왔
던 귀정이의 노래는 잊고 싶은 추억이다. 한 가지 재주만 제대로
갖춰도 제법 살아갈 수 있는데, 그마저도 역부족이다. 그래서 신
은 불공평하다.

또 한 번은 눈빛 교환을 마친 동아리연합회 남학우들과 멀리
간다며 청량리 부근 동시상영 극장으로 야한 영화를 보러 가려
는데 귀정이가 불쑥 따라와 "혹시 이런 영화 자주 보세요?" 물었
다. 내숭 떨며 후배를 탓하고 부랴부랴 일대의 극장 간판 그림을
스캔하며 낭패를 맛봤던 흑역사도 있었다.

상상해 본다.

나이 오십줄 넘어 코로나 시대에 코인노래방에 가서 변치 않는 서로의 음색을 타박해 보고 싶다,

"귀정아 사랑이 변하지, 사람은 안 변해. 너는 옛날이나 지금이나 어쩜 그리 한결같니?"

귀정이가 답한다.

"참. 나보다 나이도 어린 것이…. 그러는 형은 대머리에 배불뚝이인 주제에. 선배, 그래도 우리 금잔디광장에서 청룡상 주변에서 라일, 뒤뜰, 종분에서 외쳤던 울분이 그립지 않아? 민중서점 풀무질 메모만으로 어디에 있는지 알 수 있었고, 아무개 하숙비가 올라오면 OB광장에서 귀한 생맥주를 무작정 들이켰잖아."

이제야 답한다. 차오르는 뱃살과 희어 가고 비어 가는 머리숱 주제이지만, 지금 너 또한 만만치 않다고. 말로는 그대로라고 표현하지만 진심으로 나는 네 뼈를 쩌리고 마구 때리고 싶다. 신데렐라도 비록 단 하루지만 12시까지는 자유였다. 자유! 그 소중한 시간을 너와 마음껏 놀고 싶다.

돌이켜 본다.

선택을 해야 한다. 군도바리는 기본값이고 현장으로 갈지 말지를 고민하고, 얼어붙은 밤 지나 딸들아 일어나라며 양성평등

1988년 8월 14일 성균관대 앞 'OB 광장'에서 김귀정과 함께한 심산연구회와 제3세계 연구회 회원들.

을 내세웠지만, 나의 결정으로 남의 젊음을 앗았고, 뒤늦게 사과 해 보지만 돌이킬 수 없다. 가진 건 없지만 노화한 '386'으로 어 느새 나도 기득권이 되고 무뎌졌다. 한술 더 떠 기울어진 세상과 뒤집어진 세계에서 발뺌하며 나는 아니라고 염치없이 떠벌린다. 그래도 귀정아! 그래서 귀정아! 네가 있어야 오늘이 있고 내가 살아가야 내일이 있다.

　사진을 본다.
　해마다 5월이 오면 〈오월의 노래〉를 뱉으며 너를 본다. 동아리 연합회장 선거에 김익준 · 김귀정 후보로 출마했던 변하지 않는 사진을 본다. 법리를 떠나 경대는 무자비한 경찰의 쇠파이프에 죽임을 당했고, 귀정 너의 청춘 또한 그렇게 짓밟혔다. 귀정아 너는 멈춤과 시작이 아니다. 귀정아 너는 삶과 죽음이 아니다. 익숙하지만 '사람 사는 세상이 돌아와'의 〈어머니〉에서, 잘 모르지만 BTS 〈라이프 고즈 온〉의 '안녕이란 말로 오늘과 내일을 또 함께 이어 보자'까지, 귀정아 너는 우리의 거울이다. 우리의 동경이다(귀정은 과외 알바 때문에 사라졌다가 고맙고 공교롭게도 계산할 때 헌신했다).

왕십리를 걷다.

길을 걸으며 도를 아십니까? 다른 시공간에서 걷고 있는 친구들에게 귀정이를 아십니까? 그렇게 동지들의 발걸음을 멈춰 세우고 싶지 않다. 나아가며 멈추지 말고 걷자. 왕십리 쪽방에서 명동까지 세상의 조롱을 비웃고 새장의 조롱을 박차며 걸었을 귀정과 걷는다. 기계력과 인공지능이 풍요와 변화를 주지만, 그곳에는 이데올로기가 없다. 왕십리 후미진 집에서 번듯한 시내까지 재잘거리며 걸었던 귀정아! 반듯하고 어여쁜 귀정아! 언제나 씩씩하게 단 둘이 걷자. '저요?'라고 손짓하면 그 무리와도 아무 거리낌 없이 무한히 걸어 보자.

물 위에 떠 있는 해변의 여인아! 불멸의 연인아! 시간은 흐르지만 그대의 사랑과 소망, 당신의 절망과 분노는 변주되지 않는다. 바로 고통으로 패인 주름살이 평등이고, 늙음으로 늘어진 목살이 공정이며, 한 끼의 포식으로 팽창한 허릿살이 정의이다. 이것이 연주이고 내가 이해하는 삶이다.

달덩이처럼 떠 있는 해변의 여인아. 사랑하는 여인아. 오월이 아니라 30주기가 아니라, 내가 알기에 사무치고, 내가 알리기에 부끄러운 그대가 몹시 그립다.

성균관 대학교 儒學科 88 여1??
김 귀 정.

< 89. 12. 13 >

밖엔 눈이 내린다. 어느새. 비로 바뀌어. 똑똑 소리가 들린다.
엇그제   집안 식구들따 한바탕 싸우고 나서. 내 자신을 돌아보았다.
결국. 내가 내릴수 밖에 없었던 결론은. 너무 한심하다는거다.
어느것 하나. 제대로, 그리고 똑 바로 박힌것이 하나없다.

여력 있으면 것이건 나이 라 세 란다.
아따로 이상태로. 제자리걸음만은 되풀이 할 순 없다.
꿈터 가지련하고 정돈된 내 생활을 갖고 싶다.
그러기 위해선. 알찬 계획들. 그리고 실천과 반성들이
뒤따라야(X) 할것이다.
     < 선행되어야 >

가난하고 슬픈자에게 복이 있다면 아니 정말 그렇게
되어야만. 바로 공평하고 평등하고. 우리가 바라는
새 사회의 모습을 볼것이다.
'스스로 게을르고 나태하기 때문에. 가난을 숙명으로 여겨라'
는 식의 지배자 어떤들 오기 속에서. 나또한. 당연한 것으로.
위의말을 믿어 의심치 않았다.
그러나 이제는 더이상 속고 살수만은 없다.
아무리 발버둥치고 열심히 일한다고 해서. 그노력의 댓가를
정당하게 받을. 사회란. 자유의. 자본주의 체제 는.
결코 아닌것 같다.
나의 정치적 생명을 언제까지 지킬수 있을것인가.
'운동' (movement)에 대한 신념이 내겐 아직. 쓰러지지
않았다보다. 아직도. 사업을 진행광에 있어.
두려움과 구저픔이. 내가 신념의 운동성에 대하여 한번.
생각하게 한다. 비록깨지고 식지않다. 내 목숨이 붙어있는한.

우리들의 시민, 귀정

| 김성희 독문 88 |

마석 모란공원에 담긴 사연들

지금 귀정이는 경기도 이천에 있는 민주화운동기념공원 열사묘
역에 있지만, 첫 안장지는 마석 모란공원이었다. 모란공원은 민
간 소유의 사설 묘역인데, 많은 민주열사들이 묻히면서 자연스
럽게 민주화 묘역이라는 공적 권위를 갖게 되었다. 대표적으로
권위주의의 극악한 노동통제 체제에 맞서 지금이라면 상식 수준
의 요구인 노동권 보장을 요구하며 분신한 전태일 열사의 묘, 정
권의 수사기관이 자행한 고문에 의해 목숨을 잃은 박종철 열사
의 가묘(열사의 시신은 사건 직후 정권에 의해 화장당했다)가 모란
공원에 있다. 그 외에도 조작된 공안사건으로 사형 판결을 받고
유명을 달리한 사람들, 권위주의 시기 의문사 희생자들도 안장
되어 있다.

매년 김귀정 열사 기일이면 마석 모란공원에서 추모제를 지냈다.

　1991년 귀정이를 보낸 후, 개근했다고 말하기는 어렵지만 거의 매년 마석을 찾았던 것으로 기억한다. 아마 다른 동문들도 다르지 않았을 테지만, 연애할 때는 애인과 함께, 아이가 태어난 뒤에는 아이와 함께 찾기도 했다. 아주 드물게 소주 한 병 들고 가까운 지인 몇몇과 터벅터벅 찾아오기도 했다.

　귀정이가 마석에 있을 때는 늘 좀 일찍 서둘러 집을 나섰다. 묘역이 집에서 먼 탓도 있지만, 무엇보다 추모제가 열리는 5월 마지막 휴일 시내 밖으로 나가는 차량 정체에 끼이는 것을 피하기 위해서였다. 좀 일찍 도착해 남는 시간 동안 조용하고 한적한 아침 묘역을 산책하듯 돌아보곤 했다. 비문에 기록된 죽음의 사연을 읽으며 묘역을 돌아보는 것은 시대와 사람을 돌아보는 작은 역사기행이기도 했다.

매년 마석에는 새로운 묘소가 만들어졌고 또 새로운 사연이 추가되었다. 그리고 나의 작은 역사기행도 해를 거듭했다. 어느 때였는지 정확히 기억 나지 않지만, 문득 나는 마석의 사연이 바뀌고 있음을 느꼈다. 귀정이를 비롯해 민주화 과정, 또는 직후에는 주로 국가권력이나 체제에 저항하다 유명을 달리한 비교적 가해자를 분명하게 지목할 수 있는 사연이 주를 이루었다면, 해가 바뀔수록 다른 종류의 사연이 추가되었다. 암을 비롯해 병마와 싸우다 숨을 거둔 운동가, 업무를 보던 중 과로로 급서한 단체 활동가, 산업재해로 유명을 달리한 노동자들, 민주화 이후 변화된 체제에서 고단한 활동을 이어 가며 다양한 이유로 생긴 우울증 등 마음의 병 때문에 자살로 생을 마감한 활동가 등….

어느 새 마석의 가장 보편적인 사연은 권력과의 싸움이 아니라 삶과 시간 그리고 병과의 싸움이 되어 있었다. 이것은 마석이 여전히 특별하지만 동시에 보편적 시민이라면 누구나 자유로울 수 없는 '고통의 평범함'을 공유하는 장소가 되어 가고 있다는 생각을 나에게 심어 주었다. 그러자 공허하기도 하고 따뜻하기도 한 어떤 감정이 차올랐다. 어떤 의지를 가졌든 모든 사람이 감당해야 하는 삶의 무게가 생경하게 느껴졌다.

픽션, 50대의 귀정이라면…

현실에서 일어나지 않았지만 일어날 법한 이야기를 픽션fiction이라고 한다. 동료 귀정이 우리와 함께 졸업하고 사회로 나가야 했던 것이 마땅히 일어났어야 하는 일이었다면, 그러지 못한 것은 현실이다. 나는 중년에 접어드는 어느 때 즈음부터 귀정이를 만나러 갈 때마다 비 내리던 5월 25일 그 자리에 귀정이 없었다면, 그래서 무사히 학교를 졸업하고 삶을 이어 갔으면 지금 귀정은 무엇을 하고 있을까 생각해 보곤 했다.

학창 시절, 귀정이는 나에게 졸업하면 교편을 잡고 싶다고 했다. 세련된 외모를 가진 불어 선생님이 되어 동기 모임에 나와 "봉주르"라고 인사할지도 모르겠다. 늘 꼼꼼하고 자상했던 우리 귀정이라면, 직장에서도 주목받는 사람이었을 것이다. 그리고 짝사랑했던 누군가와 드라마 같은 연애도 하고 결혼도 할 것이다. 아마 아이도 한둘쯤은 낳았으리라. IMF 시대를 함께 겪었을 것이고, 게임만 하는 아이 때문에 속상해 하기도 하고, 곁눈으로라도 분양 정보에 귀 기울이며 입시 관련 정보도 꼼꼼하게 챙기는 엄마이기도 할 것이다. 그리고 학교 다닐 때부터 노모 씨, 고모 씨를 비롯해 많은 사생팬을 거느렸던 귀정은, 이제 50대의 '여사'로서 초로의 남자 동기들 모임에 아주 가끔 나타나 팬 관리도 했을 것이다. 나는 지금 환하게 웃으며 생맥주잔을 들고 있는 50대의 귀정을 떠올린다.

역시 귀정은 '시민'이 되었을 것이다. 직접 당하지 않았더라도 사회의 불의한 일에 분노하며 가끔은 평소 시위 현장에서 즐겨 메고 다니던 큰 가방을 어깨에 걸고 광화문에 나와 촛불을 들었을 것이다. 그 옆에는 그녀를 닮은 예쁜 딸이 앉아 있을지도 모른다. 또 한때 같은 꿈을 꾸었던 동시대 정치인의 위선과 거짓에 대해서는 달리 표현할 길이 없는 '귀정이다운' 날카로움과 따끔함으로 충고했을 것이다.

돌이켜 보면, 이 모든 것이 우리네 삶이다. 귀정이는 우리의 삶을 살았을 것이다. 귀정이는 지금 우리 곁에 없지만, 우리는 각자의 삶을 통해 어느 만큼씩은 귀정이를 한 조각씩 머금고 살고 있는 셈이다.

평범한 귀정이들에게

나는 귀정을 '열사'로 부르지 않는다. 귀정을 영웅적인 언어로 포장하는 것이 마음 내키지 않기 때문이다. 그냥 귀정이로 남겨 두고 싶다. 과장된 부채감이나 감정을 드러내지도 않으려 한다. 그것은 귀정이 그 이후에도 평범하지만 소중한 삶을 견뎌 온 나를 포함한 모든 동료들, 동료 시민들에 대한 존중 때문이다. 귀정이도 그랬을 것이다.

1991년 6월 12일 태극기와 '민주주의의 꽃' 만장을 앞세우고 노제를 지내기 위해 파고다공원으로 향하는 김귀정 열사 장례행렬. 성균관대 금잔디광장을 출발한 장례행렬은 파고다공원, 대한극장, 무학여고를 거쳐 자정이 넘은 시간에 마석 모란공원에 도착했다.

귀정이가 숨을 거둔 그해 많은 학생, 활동가들이 목숨을 잃었다. 다 기억나지도 않는 이름 앞에 해방열사, 민족투사 등의 수식어가 함께했다. 그런데 유별나게도 우리는 귀정이 옆에 민주주의라는 이름을 넣어 주었다. '민주주의', 가끔은 오해를 받기도 하지만 나는 이 말이 참 오래가는 말이고, 소중한 말이라고 늘 생각한다. 한 정치학자는 민주주의를 정의하며 "평범한 사람들이 만들어 내는 비범한 체제"라고 말했다. 인류 역사상 수많은 정치체제가 있었지만, 그래도 평범한 시민들의 선택에 정당성을 부여하는 민주주의가 가장 자유롭고 평등하며, 그 공동체 안의 시민을 도덕적이며 자율적인 자기결정과 정치적 선택 능력을 갖춘 존재로 계발했다. 이것이 오래되고 익숙하지만, 우리에게 늘 새로운 질문을 던져 주는 민주주의의 놀라움이다.

최근 여러 가지 이유로 민주주의가 위협받고 있다. 트럼프가 미국을 서로 적대하는 두 개의 공동체로 나누는 것을 봤다. 유럽에서는 종족적 성격의 포퓰리즘적 시도들이 기존 정치체제를 뒤흔들고 있다. 우리 사회 내부에서도 서로를 증오하고 용납하지 않으려는 정치적 정조가 공동체를 위협하고 있다. 시민적 합의라는 때론 공고하지만 경우에 따라서는 매우 연약한 기초를 갖는 한 정치체제가 세계적 차원에서 몸살을 앓고 있다. 그렇다. 민주주의가 아프다.

민주주의자 시민 귀정은 지금 무엇인가 말했을 것이다. 이것은 귀정의 모습을 한 조각씩 머금고 살아가는 우리 모두에 대한 질문이기도 하다.

5월의 메신저

| 강병익 생물 89 |

1991년 5월, 30년 전 그날과 그 시절의 기억이 빛바랜 옛 사진
이 아니라 선명한 스마트폰 사진처럼 또렷하다는 데서 오는 당
황스러움이랄까? 굳이 어렵사리 끄집어내지 않아도 되는 뚜렷
함. 망각이 주는 편리함에서 1991년 5월은 유독 편집되어 있다.
종로에서 시청으로, 시청에서 백병원으로, 과별로 지정된 대학
교를 방문하고 다시 학교로 돌아오는 길에 마주했던 동료들의
얼굴, 걱정 어린 눈빛으로 우리를 바라보던 아주머니들, 장황하
게 훈계를 늘어놓으시던 어르신의 얼굴도 떠오른다. 백병원 주
차장에서 쪽잠 자던 친구의 낡은 운동화며, 대치했던 전경의 투
구 안에서 흔들리던 그들의 눈동자까지도.

사실 난 김귀정을 개인적으로 전혀 모른다. 아마도 대부분의 성
균관대 학우들이 그러했을 것이다. 동아리연합회 선거 출마 사진

이었다는 영정사진 속 김귀정이 내가 아는 김귀정의 모습 전부다. 하지만 김귀정을 통해 난 그때 5월의 거리, 1991년의 정치를 생각한다. 내게 김귀정은 "노태우 정권 타도", "민자당 해체"를 외쳐 댔던 그 5월의 메신저 같은 사람이다. 뭐라도 할 수 있을 것 같은 겁 없던 20대 초반 화양연화의 시절에 담아 두었던 생각과 의지에 시간의 때가 묻지 않을 수는 없겠지만, 그래도 그를 통해서는 그 시절에 상상하고 그렸던 세상을 다시 펼쳐 보게 된다.

사실 흐려지고 퇴색하는 것은 기억이 아니라, 그날의 분노와 서로에게, 혹은 스스로에게 약속했던 다짐 같은 것일지도 모른다. 정치적으로 91년 5월투쟁은 실패했다. 실패했기 때문에 더 빛난 역사도 있지만, 91년 5월은 개인적으로도 정치적으로도 그 좌절의 무게감이 컸던 것 같다. 게다가 언제부터인가 91년 5월의 정치는 슬그머니 87년 6월의 부록 정도로 여겨지면서, 그 격렬했던 싸움 뒤의 회한으로만 남겨져 있는 것은 아닐까?

20년 전 광주항쟁을 세계에 알렸던 위르겐 힌츠페터Jürgen Hinzpeter의 이야기를 담은 다큐멘터리 작업에 참여한 적이 있다. 후속 아이템을 고민하던 피디에게 5월투쟁에 대해 얘기했는데, 반응이 냉랭했다. 광주와 87년의 민주주의 역사 속에 91년 투쟁은 외면당한 것 같은 상실감을 내 말주변 탓으로 돌리고 말았다.

30년이라는 시간에 굳이 의미를 두지 않더라도, 김귀정과 5월

백병원 근처 거리에 붙은 김귀정 열사 사진과 벽 구호(위). 1991년 5월 최루탄과 페퍼포그가 만든 가스 안개 속에 펼쳐진 '공안통치 민생파탄 노태우 정권 퇴진을 위한 범국민대회'(아래). 사진: 현장사진연구소 이용남 사진가 제공.

의 수많은 열사들이 남긴 죽음을 우리 삶의 의미로 되살리려는 의지는 계속 되새기고 벼려야 한다. 역사가 과거에 찬란했던 사건으로 박제되는 건, 그 이후를 살아가는 남은 사람들이 만들어 낸 일이기 때문이다.

얼마 전 〈시간이탈자〉라는 영화를 뒤늦게 우연찮은 계기로 보게 되었다. 과거와 현재가 시공간을 넘어 꿈을 통해 연결되고, 그렇게 해서 미리 알게 된 과거를 바꾸면 몇 십 년을 이어져 온 오늘의 공간과 사건의 결말도 바뀐다. 타임슬립을 소재로 다룬 영화가 많지만 과거의 인간과 현재 인간 사이의 교감을 통해 세상이 변화하고, 그 변화된 세상을 통해 인간의 아픔이 치유된다는, 아니 치유되면 좋겠다는 메시지가 인상적이었다.

91년 5월의 시간은 지금도 저마다 기억의 흐름을 타고 흐르고 있다. 이 시간도 지나고 보면 과거가 될 것이기에, 변화에 대한 열망을 잃지 않는 것이 '시간이탈'을 할 수 있는 가장 평범하고 현실적인 방법이다. 그래서 김귀정이라는 메신저를 통해 91년 5월을 생각한다는 것은 우리 삶에 대한 성찰이자 반성문이 되어야 한다. 꼭 민주주의나 사회 변화 같은 거창한 얘기를 하자는 건 아니다. 존경은 받지 못하더라도 '꼰대'는 되지 말자는 개인적인 다짐을 다가올 5월을 기다리며 생각해 보는 것도 내겐, 그리고 그 시대를 함께 기억하는 이들에게 너무도 소중하고 즐거운 성찰일 수 있을 테니.

굳이 그 비를
피하지 않겠습니다

| 이효근 고려대학교 의학과 93 |

저는 40대 후반의 '아재'입니다. 386세대의 뒤 세대이자, 3포세대의 앞 세대쯤 되지요. 김귀정 열사 30주기 추모집에 실릴 글 권유를 받고 영광스러우면서도 조금 당황했습니다. 저는 열사와 아무런 개인적 인연이 없거든요. 안면은 당연히 없고, 같은 학교 출신도 아니며, 같은 시기에 대학을 다니지도 않았습니다. 열사가 돌아가셨을 때 저는 고등학생이었으니까요. 그런 제가 열사의 30주기에 어떤 이야기를 할 수 있을까 생각하다가 한 가지를 떠올렸습니다. 그 이야기를 해 보려 합니다.

저는 정신과 의사입니다. 정신과의 여러 영역 중에서도 주로 만성 조현병 환자를 진료합니다. 세상의 편견과 달리 대부분의 조현병 환자는 적절한 치료로 호전되어 사회에 복귀합니다. 하지만 어느 병이든 예외는 있는 법이죠. 어떤 사람은 간단한 맹장 수술을 받다가 죽기도 하니까요. 저는 주로 그 안타까운 예외들, 즉 치료를 받았음에도 조현병의 만성화 경과를 밟는 장기 입원 환자들을 치료합니다.

만성질환을 치료할 때 제일 중요한 것 가운데 하나가 '호흡을 길게 가져야 한다'는 것입니다. 빠른 시간 안에 삶과 죽음의 결판이 나는 급성기 환자와 달리 장기전을 각오해야 해야 쉽게 지치지 않죠. 저는 이것을 자주 '비 온 뒤를 걷는 일'에 비유합니다. 의학 드라마에는 마치 퍼붓는 폭우의 한복판 같은 병원의 모습이 주로 그려집니다. 1분 1초의 골든타임을 다투고, 찰나의 선택이 삶과 죽음을 가리는 맹렬한 폭우 말이지요. 하지만 실제 삶이 어디 그렇던가요. 어찌 보면 우리 삶은, 환자가 걸어야 하는 투병의 세월은, 그리고 그 길을 같이하는 의사의 일은, '폭우 중'보다는 '비 온 뒤 걷기'와 닮아 있다는 생각을 하게 됩니다. 비록 폭우의 위기는 지나갔지만, 오래 걸어야 하는 진창길 말이지요.

얼마 전, 중학생 아들과 한국 현대사에 대한 이야기를 나누다가 이런 질문을 받았습니다. 요샌 중학교 역사교과서에도 현대사 분량이 꽤 자세히 적혀 있더라구요. 아들이 물었습니다.

"아빠, 1987년에 민주화가 됐다며. 그럼 그때 독재자는 물러나고, 고문 같은 건 다 없어진 거야?"

영화 〈1987〉을 통해 80년대의 대략적인 분위기를 접한 아들은, 아마 1987년 6월항쟁을 정점으로 한국 사회의 모든 모순이 끝나고 '그 뒤론 오래오래 행복하게 살았답니다'라는 이야기가 펼쳐지는 것으로 생각했나 봅니다.

하지만 다들 아시다시피 어디 그랬나요. 당장 김귀정 열사가 젊은 나이에 목숨을 잃은 때가 1991년, 그러니까 1987년 6월항쟁 이후 4년이나 지난 뒤였으니까요. 제 아이는 '1987년까지 우리나라는 비 오는 날이었고, 아빠가 대학생이던 90년대는 그 폭우가 끝난 다음이니 아마 해가 쨍쨍했겠지?'라고 생각한 셈이지만, 90년대 역시 비 온 뒤는 아니었던 것 같습니다. 열사가 안타깝게 세상을 떠나던 시절도 비 오는 날이었거나, 아니면 비는 그쳤지만 온통 진창이 되어 어쩌면 비 올 때보다 더 걷기 힘든 날들이었지요.

아이의 질문 앞에서 그럼 2021년 지금은 어떤 세월일까 생각해 보았습니다. 어느새 1987년에서도, 1991년에서도 30년의 세월이 지나간 지금은 과연 비 오는 날일까요, 비 온 뒤일까요? 비 온 뒤라면 우리가 걷는 길은 진창길일까요, 잘 마른 길일까요? 비는 정말 다 그친 것일까요? 안타깝지만 지금을 비가 그친 화창한 날이라고 말하긴 어려울 것 같습니다. 여전히 노동현장에서는, 사회적 약자들의 작은 공간에서는 비가 퍼붓고 있다는 안타까운 소식이 참 많이도 전해집니다.

비가 그친 화창한 날은 과연 언제 오는 걸까요? 그런 날이 오기는 오는 걸까요? 어쩌면 우리는 다 자기 몫의 '비 오는 날'을 걷고 있는 것 아닐까요? 사실, 열사가 돌아가시던 1991년에도 이미 '비 오는 날은 끝났어'라며 여전히 내리는 비에서 애써 눈을 돌리던 사람들은 많았습니다. 아니, 1987년에도, 1970년대에도 그런 사람들은 많았죠. 그랬기에, 분명 오고 있는 비를 외면하지 않고, 온몸으로 그 비를 맞으며 맞서 싸운 사람들의 이야기는 마음을 묵직하게 울립니다.

김귀정 열사의 죽음, 그 30주기를 떠올리며 생각해 보았습니다. 이런 생각을 하게 해 준 제 아이에 대해서도 생각해 보았습니다. 저 역시 아비이니까 제 아이가 험한 길이 아닌 평탄한 길을 걷길 바랍니다. 그러기 위해서 제 고생을 감내하기도 하죠. 내 삶이 비 오는 날들이라면 그날들 뒤에 올 내 아이의 비 온 뒤가 조금이라도 평안하길 바라니까요.

질끈 눈감아 외면해 버리고 쉽게 살 수도 있는 세상에서, 그날 그 가두에 섰던 열사의 마음도 비슷한 것은 아니었을까요. 자신의 뒤에 올 (저를 포함한) 모든 세대의 비 온 뒤가 조금이라도 편안하기를 바라는 마음, 그렇게 될 수 있다면 자신의 안락은 잠시 뒤로 미루겠다는 마음, 자신의 삶에는 비가 좀 더 온다 해도 기꺼이 그것을 감수하겠다는 마음, 어쩌면 속 깊은 누나 같고 언니 같은 마음. 제가 속한 세대인 90년대 중후반 학번과 열사와의 관계도 그런 것은 아닐까요. 세월이 흐른 뒤에 알게 된 열사의 일기 한 구절을 보면, 열사의 그 마음이 전해지는 듯도 합니다.

"끊임없이 역사와 함께할 수 있는 그런 내가 되자. (중략) 나는 나의 미래가 불안하고 자신도 확신도 없다. 하지만 한 가지 확실한 것은 나의 일신만을 위해 호의호식하며 살지만은 않을 것이다. 결코 그렇게 살지 않을 것이다."

이 글을 써 보라고 권한 기념사업회 관계자에게 추모집에 수록될 다른 글들은 어떤 분위기인지, 나도 거기에 맞춰 쓰면 되는지 물었더니 '마치 약속이라도 한듯, 나는 비록 소시민의 삶을 살지만 열사의 정신을 잊지 않겠다'는 내용이라고 웃으며 답했습니다. 그 말을 듣고 호기롭게, '그럼 나는 다른 이야기를 해야겠다' 생각했지만, 역시 같은 이야기를 할 수밖에 없을 것 같습니다.

열사를 비롯한 여러 사람의 희생이 있었기에, 저는 조금은 더 평탄한 길을 걸었습니다. 하지만 제가 걷는 지금 이 길도 결코 비가 그친 뒤가 아닌 비 오는 날들입니다. 굳이 이 비를 피하지 않음으로, 비 앞에 구차하지 않은 삶을 살도록 노력하겠습니다. 그것이 먼저 가신 열사의 정신을 이어받고, 뒤에 오는 우리 아이들에게 그 정신을 전해 줄 수 있는 가장 올바른 길이라고 생각합니다.

더 이상
미안해하지 마세요

| 강봉구 심산연구회 · 국문 85 |

그날, 토요일, 대한극장 앞에 나는 없었다

그날은 비가 왔다. 그날은 토요일이었고, 비도 오고, 기분도 그렇고 해서 연일 계속되던 시위 현장에 가지 않았다. 가지 않았다기보다는 갈 수 없었다는 표현이 맞을 것 같다. 나는 더 이상 학생운동권 조직에 속해 있지 않았고 그럴 마음도 없었기에, 그날 대한극장 앞에서 시위가 있다는 것을 알 수 없었다. 나는 그날 토요일 오후에 여자 친구와 함께 인천의 어느 삼류극장에 앉아 중국 무술영화 한 편과 조금 야한 영화 한 편을 봤던 것 같다. 그리고 조금 근사한 경양식 집에서 돈까스와 맥주 한 잔으로 한가로운 저녁을 보냈던 것 같다. 아마도 머리 아픈 시국 이야기는 안 했을 것이다. 애인은 학교를 졸업한 뒤 교사 임용고시를 준비하

고 있었고, 나 역시 갓 제대한 복학생으로 졸업을 1년 앞두고 있
던 때였다.

한때 운동권 학생이었음을 자랑스럽게 여기며, 강의실보다는
아스팔트 위에서 보냈던 스무 살 청춘을 가슴 깊이 간직한 채,
제대 후 취업과 미래에 대한 불안감으로 도서관을 전전하며 시
간만 흘려보내고 있었다. 미래는 불투명했고 현실은 암울했다.
1987년 이한열 열사의 죽음과 그후 직선제 개헌에도 불구하고
양김兩金의 단일화 실패로 새벽 아침은 요원해지고 있었고, 무수
히 죽어간 민주열사들의 희생에도 불구하고 우리는 여전히 밤인
지 새벽인지 알 수 없는 안개 속을 걷고 있었다. 그 희미한 잿빛
속에서도 여전히 붉은 머리띠를 동여매고 시대에 저항하던 동료
와 후배들의 눈을 피해 강의실과 도서관, 그리고 집을 오가며 불
안을 달래고 있었다.

공부라고는 사회과학 서적을 읽고 세미나한 것이 전부였던 내
게 토플과 시사상식이 어울리기나 했을까마는, 함께 운동을 하
다 비슷한 시기에 제대한 복학생 몇몇과 언론고시 준비를 위한
스터디 모임을 하면서 그런대로 복학생 생활에 조금 익숙해질
무렵, 그해 4월 26일 명지대학교 강경대 학생이 백골단이 휘두
른 쇠파이프에 맞아 숨진 사건으로 다시 대학가는 술렁였다. 강
경대 학생의 죽음 이후 4월 29일에 전남대학교 박승희 학생이

강경대 사건 규탄집회 중 분신하였고, 5월 1일 안동대학교 김영균 학생이, 5월 3일에는 가천대학교 천세용 학생이, 5월 8일에는 전민련 사회부장 김기설 씨가, 5월 10일에는 노동자 윤용하 씨 등이 잇따라 분신으로 항거하였다.

비가 왔던 토요일 오후를 기억한다. 그해 5월은 분신으로 항거할 수밖에 없던 시대의 한복판에서 〈죽음의 굿판을 걷어치워라〉라는 시인 김지하의 글이 젊은 죽음들을 두 번 죽이던 공안 정국이었고, 강경대 죽음 이후 거리에서 암울함과 비통함으로 가득 찬 젊은 함성들이 또래들의 죽음에 항거하는 시위가 연일 끊이지 않던 때였다. 계속되는 집회와 시위로 쌓인 육신의 피로를 달래 주기라도 하듯 서울 하늘에는 오랜만에 비가 내렸다.

그날도 비가 왔다. 늦은 토요일 저녁 '귀정이'가 백골단의 토끼몰이식 진압에 넘어져 사망했다는 뉴스를 접한 그 다음 날은 일요일이었다. 눈물인지 빗물인지 모를 것들이 아프게 흘러내리는 대성로를 오르는데, 이미 문과대 앞 대자보판에는 귀정이의 죽음을 안타까워하는 글들이 붙여지고 있었다. 조금은 낯설었던 동아리방으로 올라가 순식간에 한 편의 시를 써 내려갔다. 복받치는 감정보다 더 강렬하고 빠르게 군데군데 눈물로 쉼표 찍으며 하얀 모조지에 검은색 매직으로 쓴 한 편의 시가 완성이 되었다. 귀정이 죽음 앞에서 내가 고작 할 수 있는 거라곤 그것 말고 더 생각나는 게 없었다.

　그리고 나는 무얼 했던가. 도무지 기억이 없지만 하릴없이 교정을 돌아다녔을 것이다. 귀정이와의 추억이 조금이라도 묻어 있던 동아리방과 금잔디광장과 '종로분식'과 '뒤뜰'을 헤맸을 것이다. 그렇게 미친놈처럼 대자보 하나 덜렁 붙여 놓고 학교 이곳 저곳을 떠돌다가 백병원으로 모이라는 소식을 듣고 다시 대성로를 내려오는데, 슬픈 배경음악 속에서 내가 문과대 앞 대자보판에 써 붙인 시가 비처럼 음악처럼 흘러나왔다. 그렇게 백병원 투쟁은 시작되었고, 귀정이 장례식이 있던 6월 12일까지 2주 이상 백병원과 학교를 오가며 귀정이의 마지막 가는 길을 배웅했다.

대천행 무궁화호에 몸을 싣고

귀정이는 동아리 후배다. 85학번인 나는 귀정이를 잘 알지 못했다. 군대에서 휴가 나왔을 때 동아리 후배들과의 술자리에서 한두 번 봤을 뿐이다. 휴가 복귀 후 누구를 만났는지 일일이 보고해야 하는 시절이었다. 제대 후 복학해서는 아주 가끔 동아리방이나 집회 현장에서 스치듯 인사를 나누었을 뿐이다. 단아한 가운데 당찬 기운이 배어 있는 외모에 후배들에게는 따스한 선배였고, 선배들에게는 선배 잘 챙기고 귀염성 있는 후배였다.

　"선배님, 선배님, 오늘 시간 되시면 술 한 잔 사 주세요", "오늘은 동아리방에 한번 놀러 오세요"라며 웃음 짓던 귀정이 모습이 오늘도 생생하다.

귀정이를 지키기 위한 백병원 사수투쟁과 장례식까지의 과정에서 귀정이는 늘 우리와 함께였다. 귀정이의 얼굴이 새겨진 티셔츠를 입고, 귀정이 영정을 가슴에 들고, 귀정이의 상여를 둘러메고 마석 모란공원에 가서 차가운 땅속에 귀정을 묻는 그 순간까지도 눈물은 나오지 않았다. 슬픔은 왜 한꺼번에 왔다가 기어이 이 몸을 녹초로 만들고 나서야 떠나는가? 귀정이 장례식 이후 참았던 슬픔이 쓰나미처럼 몰려왔다. 그 무엇에도 집중할 수 없었다. 기자가 되겠다고 시작한 공부모임도 자연스럽게 해체되었다. 세상은 다시 일상으로 돌아갔지만 난 일상으로 돌아갈 수 없었다. 나의 일상이 무엇인지 다시 찾아야 했고, 그런 와중에 내가 택한 일상은 '귀향'이었다.

어쩌면 그 선택이 '도피'였는지도 모르겠으나 귀정이 죽음 앞에서 기자의 꿈을 이어 가는 것을 스스로 용납할 수 없었다. 군 입대로 인해 접어 두었던 운동의 길을 다시 걷기 위해 고민하던 중, 고향에서 지역운동을 하던 목사님께서 함께 일하자고 제안하셨다. 난 1초의 고민도 없이 대천행 무궁화호에 몸을 실었다.

귀정이에게 난 여전히 부끄럽다

그로부터 30년이 지난 지금 나는 다시 귀정이를 생각하고 있다. 30년의 삶이 순탄하지는 않았다. 지역운동의 꿈은 귀향 후 2년 만에 접고 말았다. 2년 동안 함께했던 벗들에게 이별의 말 한 마디 제대로 전하지 못하고 도망치듯 서울행 무궁화호를 탔다. 힘들었다. '대학까지 졸업한 놈이 촌구석에 와서 취직하지 않고 뭐 하는 짓이냐'는 친인척들의 핀잔, 경제적인 궁핍, 나를 늘 감시하던 불편한 시선들…. 하지만 지역운동을 하겠다고 모인 벗들이 있어 버틸 수 있었던 시절도 결국 경제적인 문제 앞에서 무너지고 말았다. 지금이라고 크게 다르지 않지만, 열악한 상황에서 회비로 운영되던 시민단체는 청년의 열정을 담아 두기에 부족한 것이 많던 때였다. 먹고사는 것의 해결 없이는 운동도 없다는, 먹고사는 생활 현장에서 운동을 해야 한다는 나름의 깨달음을 안고, 언젠가는 다시 돌아가리라는 막연한 믿음만 가슴에 안고 대천을 떠났다.

30년. 그 사이 결혼도 했고, 두 딸의 아빠가 되었고, 차도 사고, 빚이 있기는 하지만 아파트도 샀다. 비록 서울에서 경기도 파주로 흘러들기는 했지만 죄 짓지 않고 나름 성실하게 살았다고 자부한다. 하지만 고향으로 돌아가고자 하는 마음만 있었지 돌아가기 위해 어떠한 노력도 하지 않았던 내게, 고향은 그저 마음의 도피처 같은 것이었다. 고향을 떠난 지 10여 년 동안은 고향에 가질 못했다. 고향에 남은 벗들에게 지키지도 못할 약속으로 결국 상처만 남겼다는 부끄러움과 죄책감 그리고 미안함이 고향으로 향하던 발걸음을 늘 잡아챘다. 누구는 아직 고향에 남았고, 누구는 나처럼 고향을 떠났고, 또 다른 누구는 너무 이른 나이에 세상을 스스로 등졌다. 내가 고향을 똑바로 바라보지 못했던 것은 어려운 시절 함께했던 두 명의 벗이 마흔이 되기도 전 세상을 등졌기 때문인지도 모르겠다. 그들이 아프고 힘들 때 그들 곁에 없었고, 나 혼자 편안한 삶을 살았다는 죄책감이 한동안 나를 꼼짝 못하게 했다.

"너도 열심히 살았잖아. 그럼 된 거지"

그날 비 내리던 토요일 5시 30분에 나는 어디에 있었던가. 나는 왜 그 자리에 없었던가. 귀정이가 백골단에 쫓겨 진양상가 좁은 골목길로 뒷걸음치다가 차에 걸려 넘어지고 또 백골단의 사과탄 터지는 소리에 넘어지고 군부독재의 발길에 채여 하늘이 닫히는 소리를 들어야 했던 그 시간에 나는 삼류극장 뒷자리에 앉아 불안한 미래를 달래고 있었다는 자책과 부끄러움과 미안함. 귀정이가 떠난 지 10년, 20년이 되었어도 귀정이가 잠든 그 자리에 감히 갈 수 없었던 건 스물여섯 항상 당차고 열정적인 귀정의 모습에 비추어 현실에 안주하고 작은 것에 일희일비하는 보잘것없는 내 인생이 너무 초라하고 부끄럽고 미안했기 때문이다.

내가 고향에 가지 못하는 이유를 인생의 스승으로 모시는 선생님께 고해한 적이 있다. 나의 고민을 찬찬히 들여다보시던 선생님은 이렇게 말씀하셨다.

"너도 열심히 살았잖아. 그럼 된 거지. … 더 이상 미안해 하지도 부끄러워하지도 말거라."

그 말에 왈칵 눈물이 쏟아졌다. 그 말을 듣고 집으로 돌아오는 내내 장마에 둑이 터진 것처럼 수십 년 동안 참았던 눈물을 다 쏟아 내고 말았다.

"네가 있는 곳에서 열심히 하면 돼."

선생님의 말씀을 듣고, 고향은 '나 편하자고 내 마음에 숨겨둔 피난처였구나' 생각하게 되었다. 아무것도 하지 않으면서 현실을 회피하면서 살았다는 생각에 이르자 마음이 편안해졌다. 그 이후 고향에도 가고 고향 벗들도 피하지 않으며 살고 있다. 무엇보다 내가 사는 이곳에서 더 열심히 이곳의 사람들과 함께 살아가기로 결심하는 계기가 되었다.

내가 사는 이곳에서 귀정을 다시 만나다

그 뒤 편안한 마음으로 시민단체에 가입하고 독서모임도 하면서 이곳에서 살기 위해 노력했다. 그러다 우연히 이곳에서 귀정이를 다시 만나게 되었다. 귀정이 30주기 행사를 후배들과 함께 준비하다가 1991년 발간된 시집《누가 내 누이의 이름을 묻거든》을 복간하자는 제안을 했고, 그 제안이 받아들여져 복간을 준비하고 있었다. 그 시집에 넣을 당시 사진을 찾고 있었는데 성대신문사나 방송국에서는 자료를 구하기가 쉽지 않았고, 언론사가 보유하고 있는 사진은 저작권료가 상당할 것 같아 아예 포기하고 있던 차였다.

파주에서 처음 만나 마음을 나누게 된 친한 후배에게 이용남 기자를 소개받았다. 2002년 미군 장갑차에 깔려 희생당한 '효순이미선이 사건'을 사진으로 찍어 세상에 처음 알린 분이라고 했다. 그분과 이런저런 이야기를 나누게 되었고, 내가 몸담고 있던 시민단체 일로 좀 더 자주 만나게 되었다. 그러다가 우연히 그분이 백병원 사수투쟁을 비롯하여 당시 성대생들의 투쟁 상황을 찍은 사진을 보관하고 있다는 것을 알게 되었다.

"아니 강 대표가 귀정이 선배야?"

"예. 학번은 제가 위지만 나이는 같아요."

"어이구, 이것도 인연이야! 내가 그때 찍은 사진을 보관하고 있는데, 언제 한번 보러 와."

사진을 보러 간 날, 현장사진연구소 벽면에는 귀정이 얼굴이 새겨진 손수건을 얼굴에 두르고 귀정이 영정사진을 들고 결연한 모습으로 서 있는 여학생 사진이 걸려 있었다. 여학생 발 아래로 화염병 하나가 유난히 눈부시게 빛나고 있었다.

"저 학생 좀 찾아 줄 수 있나?"

"저 여학생요? 왜요?"

"내가 찍은 사진이지만, 너무 강렬하고 인상적이서 말이야…."

'귀정 2021 준비위원회' 카톡방에 사진 속 여대생을 찾는다는 소식을 올리고 민주동문회를 통해서도 알아봤지만 그 여학생이 누구인지 아직 찾지 못했다. 이용남 기자는 백병원 투쟁을 찍은 수십 컷의 사진을 모두 필름으로 보관하고 있었고, 내가 현장사진연구소에 방문했을 때 이미 수십 컷의 사진을 큰 프린터기로 출력해 놓은 상태였다.

"이 사진들을 이렇게 크게 뽑은 이유가 있어. 이 사진이 또 하나의 기록이 되었으면 하네. 귀정이가 죽은 지 30년이 지났지만 앞으로도 40년, 50년이 될 거 아닌가. 이 사진에다가 그 시절을 기억하는 사람들이 댓글을 달듯이 글을 남기도록 해 주면 좋지 않을까? 그 글들이 모이면 또 하나의 기억이자 기록 아닌가."

이제 더 이상 미안해하지 마세요

수십 장의 사진을 보니 알 듯한 얼굴도 있고 모르는 얼굴도 있다.

1991년 6월 12일 김귀정 열사를 가슴에 새긴 성균관대 학생들의 장례행렬 행진 모습. 사진: 현장 사진연구소 이용남 사진가 제공.

알 듯한 얼굴도 누군지 확신할 수 없는 얼굴들이다. 본인들이 보더라도 30년 전 자신의 얼굴을 알아볼 수 있을지 모르겠다. 그들도 귀정이가 먼저 간 후의 30년을 살아 내면서 어쩌면 나처럼 부끄럽고 미안함 때문에 힘들어했을지 모르겠다. 복간 시집을 마무리하면서 이용남 기자에게 사진 저작권료를 어떻게 할지 여쭸다.

"저작권료는 무슨 저작권료. 나는 민주화 관련 사진은 그 어떤 사진이라도 저작권료를 받지 않네. 저작권이 있다면 그 사진에 찍힌 당시의 젊음들에게 있지 않겠나. 그러니 사진은 내 것이 아니라 그들의 것이네."

그래. 귀정이의 죽음 앞에서 슬픔과 노여움에 아스팔트 위에서 어깨를 함께 걸었던 그때의 우리들은 그간 열심히 살지 않았는가. 그걸로 충분하지 않은가. 그리고 만약 아직도 부끄러움과 미안함에 힘들어하고 있다면, 이제 30년! 우리가 좀 부끄럽고 미안하게 살았다고 하더라도 이제 귀정이가 우릴 용서해 주지 않겠는가.

"그동안 힘드셨죠? 그동안 고마웠어요. 선배님!"

하면서 지친 내 어깨를 툭툭 쳐 주지 않겠는가.

"괜찮아요. 고생하셨어요. 덕분에 외롭지 않았어요. 이젠 더 이상 미안해하지도 부끄러워하지도 마세요."

하면서 나를 꼬옥 안아 주지 않겠는가.

꿈의 대화

··· 2020. 12. 30.

| **오홍엽** 동아리연합회 87 |

대성로를 걷고 있다. 600년 은행나무의 시리게 노란 자태가 웅장한 것이 그대로다. 코너를 돌아 오르막이 시작될 때쯤 내가 왜 학교에 있는지, 언제 왔는지 기억나지 않아 혼란스러워졌다. 내 뒤통수에서 누군가 나를 부른다.

"홍엽 선배?"

헉! 귀정이다. 스물여섯 그때의 귀정이가 나를 부른다.

"으이구, 마침 딱 잘 만났네. 학교 오면 누구 만날 수는 있을까 걱정했는데, 딱이다 딱. 헤헤."

다리에 힘이 풀려 주저앉으며 울먹이는 나를 일으켜 세운다.

"울지 말아요 선배, 다들 왜 나만 보면 울어. 나 시간이 없어!"

"엉엉··· 무슨 소리야. 엉엉···."

"시간 얼마 없어요. 엄마, 언니, 동생, 조카들도 아직 못 봤어.

심산 사람들도 봤으면 하구."

"엉엉… 다시 돌아가야 돼? 엉엉…"

다부진 눈매의 그 침착한 얼굴을 끄덕인다.

"다들 어떻게 살아? 우리 동연 식구들은? 잘 살고 있죠?"

"흑흑… 응. 대부분 건강하게 잘살아. 근데 도대체 어떻게 된 거야?"

"기회가 나한테 와서 잠깐 내려왔어요. 시간 정말 없으니까, 궁금한 거 얼른 물어볼게 짧게 요약해서 설명해 줘요."

"넌 어째 그때나 지금이나 항상 시간이 그렇게 없냐. 엉엉…"

"으이구, 선배 그만 울고… 우리가 원하던 세상은 온 거야? 얼마큼 왔어요?"

"흑흑… 뭐라고 말해야 하나, 어떤 부분은 많이 왔고, 어떤 부분은 여전히 먼 것 같고… 흑흑…"

"안 돼요! 그렇게 애매하게 말하면 내가 어떻게 알아들어. 독재정권은 끝난 거죠?"

그 큰 눈으로 내 눈을 똑바로 쳐다보며 묻는다. 약간 화가 났다는 거다. 정신 차려야 한다.

"응. 이제 80년대식 독재정권이 나오는 시대는 끝났어. 다만 그놈들은 여전히 힘이 있어서 선거로 정권을 차지하는 우여곡절이 있었는데, 3년 전 87년 대항쟁 같은 커다란 시민운동이 일어

나서 대통령을 탄핵시키고 지금 민주당 정부가 들어섰어. 그리고 올해 총선에서 신한국당 후예들 의석도 엄청 쪼그라들었지."

"와~, 우리가 꿈꿨던 혁명정부 같은 거네?"

"응. 형식은 완전 합법적인 과정이었는데, 내용적으로는 혁명정부 같은 성격이 있지"

"그랬구나. 에휴, 쉽지 않을 거라 생각했지만 좀 오래 걸렸네요. 그럼 이제 착착 나아가는 거예요?"

"응. 근데 30년 전에 몰아내려고 안간힘을 썼던 그놈들하고 징글징글한 개싸움을 좀 더 해야 할 것 같아. 백 년 이상 누려 왔던 기득권에 위협을 느끼는지 지금 물고 뜯고 아주 난리다."

"반혁명이네. 역사는 압제만큼이나 반혁명 때문에 고통스러웠다고 누가 그랬잖아요?"

"그러게, 혁명까지는 아니더라도 그 유명한 미국 루스벨트의 뉴딜 정책도 반대파들 때문에 5년 동안 헌법 위반이라고 막혔다가 루스벨트가 더 압도적으로 재선이 되고서야 실시할 수 있었다고 하더라구. 지금 상황이 딱 그러네."

뭐하는 짓인가. 살아 돌아온 귀정이 앞에서 고작 정치토론이라니.

"선배가 아까 여전히 먼 것 같다는 건 뭐예요?"

"응. 90년대 지나고 2000년대 들어오면서 환경문제와 경제적

양극화 문제가 훨씬 심해졌어. 전 세계적인 추세로 말이지. 구조적인 것만 들여다보면 거의 혁명 전야 수준인데, 우리는 아직 쓰레기 같은 놈들 치우는 데 발목 잡혀서 그런 본질적인 문제 제기조차 못하고 있는 상황, 그런 의미였어."

"어쩌겠어요. 한 발짝씩 나가야지. 한 사람의 열 걸음보다 열 사람의 한 걸음, 뭐 이런 거 아녜요? 헤헤…"

"그런데 우리 너무 정치 얘기만 하네. 나 만나서 할 말이 고작 이런 거밖에 없었어?"

"고작? 흠…, 내가 왜 저세상으로 갔는데요. 선배가 고작이라고 말하는 거, 그것 때문이잖아요. 나한테 이거 말고 더 궁금한 게 뭐가 있겠어요?"

아주 크게 잘못했음을 즉각 깨달았다. 귀정이는 바로 사과하면 언제나 쿨하게 용서해 줬다.

"선배 마음 다 알아요. 그런 뜻 아닌 거. 에구, 쫄기는 헤헤…"

내 머리 꼭대기에 올라앉은 듯한 존재감은 어째 30년이 지나도 그대로인가.

"선배는 잘하고 있죠? 내 몫까지 해줘야 해. 선배가 책임진다고 했잖아. 그때 그 말이 얼마나 든든했는지 몰라. 선배만 믿어요! 이제 나 엄마 보러 가야 해. 갈게요. 안녕."

빠이빠이 손을 흔들며 뛰어가는 귀정이에게 넋 놓고 손을 흔들다가 기어이 못난 소리를 참지 못하고 내뱉는다.

"야, 귀정아! 너 만나는 사람마다 다 그렇게 말하는거지?"

고개를 돌리며 귀정이가 웃는다.

"헤헤…"

살아 남은 자의 숙제

우필호 국문 87·사회적참사 특조위 세월호안전과장 |

김찬 후배가 '김귀정 열사 30주기 추모집' 원고를 써 줄 수 있겠
냐고 묻는 카카오톡 메시지를 보내 왔습니다. "내가 적당한 사람
인지 모르겠네요. 생각해 볼게요"라고 답한 뒤 마음이 좀 뒤숭숭
하였습니다. 원고의 취지는 '김귀정과의 개인적인 추억이나 91
년 투쟁에 대한 기억, 그리고 그 후 30년을 살아오며 김귀정이란
이름이 내 인생에서 가지는 의미 등'을 담는 것인데, 김귀정 열
사와 '개인적인 추억'이 없는데다 '91년 투쟁에 대한 기억'에 대
해서는 나보다 잘 얘기해 줄 수 있는 선후배들이 많을 것이기 때
문이었습니다.

　사실 김귀정 열사를 마석 모란공원에 모셨을 때 한두 번 갔다
온 것 외에는 추모사업에 참여한 일도 거의 없습니다. 굳이 추모
문집에 이름을 올릴 만한 구석이 없는 셈입니다. 그런데도 거절하

지 않고 '생각해 볼게요'라는 여지의 꼬리표를 남긴 것입니다. 김 찬 후배가 (필자로) "아주 적당하세요!"라는 격려의 답을 보내 왔습니다. 아마 그 당시 선배로서 학생운동의 현장에 있었으니 나름 '91년 투쟁에 대한 기억'에 대해 뭔가 얘기해 줄 거라 기대했는지 모르겠으나, 정말 고맙고 과분하다는 생각이 들었습니다.

집필 여부의 답을 주기로 한 기간을 넘긴 후에야 "(원고) 쓸게 요. 할 말이 있는 것 같아요"라는 늦은 답을 보냈습니다. '할 말' 은 '91년 투쟁에 대한 기억'을 말하기 위한 것은 아닙니다. 나에 게도 생전의 김귀정 열사에 대한 한 조각의 추억이 있는데, 나이 듦과 함께 점점 흐릿해지는 기억 속에 다 묻히기 전에 꺼내 놓는 것도 괜찮겠다고 생각했기 때문입니다.

내가 1987년 귀정 후배님보다 1년 먼저 성대에 입학했으니 우리는 3년 동안 같은 캠퍼스에서 머문 셈이지만 한 번도 직접 이야기를 나눠 본 적이 없습니다. 동아리 활동을 한 귀정 후배님은 동아리방이 모여 있던 당시 학생회관(구대학원) 건물이 주 활동무대였을 것이고, 나는 문과대에서 주로 활동하다 4학년이 되어서야 총학생회에서 일하게 되어 평상시 마주칠 기회도 적었을 것입니다.

1990년 봄 무렵으로 기억되는데, 성균관대 총학생회 사무실이 있던 학생회관 건물 4층 복도를 지나다가 복도 맞은편에서 몰려오던 한 무리의 사람들과 마주쳤습니다. 무리 사이에 있던 한 여학생이 수줍은 듯 환한 미소로 저에게 가벼운 목례를 하였습니다. 모르는 사람이어서 당황한 나도 어떨결에 겸연쩍은 웃음으로 답례를 하였습니다. 순간 사람의 마음을 설레게 하는 맑은 눈빛과 복도를 채우는 밝은 기운, 먼저 알아봐 주고 인사를 건넨 것에 대한 고마움 등이 어우러져 나의 기억 속에 강한 인상으로 남았습니다. 그날의 마주침 이후 그 복도를 지날 때마다 그 순간이 언뜻 떠올랐고, 30년 넘은 지금도 어렴풋이 기억날 때가 있습니다.

돌이켜 보면 그 여학생의 모습은 내 고향 마을 초입 길가 모퉁이에 있는 듯 없는 듯 나지막이 자리 잡고 서서 봄이면 어김없이 꽃을 피워 내던 3월의 살구나무를 닮았던 것 같습니다. 지금은 베어져 흔적조차 없지만 누군가의 기억에는 그 살구나무가 남아 있겠지요.

그 여학생과는 그날 복도에서 목례를 나눈 이후 학교와 거리 투쟁의 공간에서 몇 차례 더 마주친 적이 있지만, 서로 가벼운 목례만 하며 빠르게 지나치곤 했습니다. 그 여학생의 이름을 누구에게도 물어 보지 못했고, 누구도 이름을 말해 주지 않았습니다.

그해 턱걸이로 졸업 학점을 겨우 채워 4학년을 마치고 학교를 떠난 뒤 더 이상 마주칠 기회는 없었습니다. 물론 성대와 그리 멀지 않은 월곡동 인근 자취방에 머물면서 어떤 단체의 일을 맡아 학생운동을 지속하고 있었으니 학교를 방문할 수도 있었지만, 졸업하자마자 나온 군 입대 영장을 피해 다니는 신세인데다 '범죄와의 전쟁'을 명분으로 더욱 강화된 불심검문이 도시 골목골목까지 확대되어 가는 '공안정국'이어서 학교 방문은 전혀 엄두를 내지 못했습니다. 물론 활동가로서 보안에 대한 염려 때문이기도 했습니다.

그러던 1991년 5월 25일 늦은 오후쯤 대한극장 앞 골목길에서 백골단의 진압 과정 중 성대생이 죽었다는 소식을 전해 들었습니다. 대한극장 앞 충무로에서 명동을 거쳐 남대문 회현역 인근의 도로로 이어지던 거리는 자주 시위 장소로 이용되던 투쟁의 공간이어서 당시 사고 상황이 대략 그려졌습니다. 김귀정 열사가 돌아가신 지점은 당시 진압 경찰에게도 익숙한 공간이었을 것이고, 쉽게 '토끼몰이'식 진압 작전을 펼칠 수 있었던 장소가 아니었을까 생각해 봅니다.

개인적으로 1990년 봄 회현역 인근 집회에 참가했다가 나를 거물급 운동권 학생으로 착각한 듯한 어느 백골단 요원에게 지독히 쫓겨 당시의 남산 안중근 열사 기념관 인근까지 숨을 몰아쉬며 도망갔던 황당한 기억이 있고, 백골단에 쫓겨 명동 한국은

행 앞 인근 지하도 계단으로 도망가다 사람들이 일시에 몰려드는 바람에 옴짝달싹 못하고 붕붕 떠서 밀려 들어갔던 위험천만하고 아찔했던 순간의 기억도 있습니다.

사고 당일 돌아가신 분이 김귀정 학형이라는 말을 들은 것 같은데, 개인적으로 아는 이름이 아니여서 막연히 모르는 후배로만 생각하고 있었습니다. 그런데 그날 늦은 저녁이었던가 아니면 그 다음날 오후였던가, 너무 오래되어 정확한 기억은 없지만 88학번 독문과 후배 '짱어'가 나의 거주 공간이자 일터였던 자취방에 김귀정 열사의 사진을 가슴에 안고 씩씩거리며 나타났습니다. 순간 나는 당황하며 강한 충격을 받았습니다. 복도에서 목례를 나누었던 그 여학생이 사진 속에서 나를 빤히 쳐다보고 있었던 것입니다. 짱어가 사진을 벽에 걸어 놓고 며칠 후 영정 사진으로 쓴다며 다시 가져가기 전까지, 김귀정 열사는 그 방에 머물다 떠났습니다. 1991년 김귀정 열사는 그렇게 나의 기억 속에서 남아 있습니다. 이것이 아주 짧지만 개인적으로 맺은 '김귀정과의 개인적인 추억'입니다.

김귀정 학형의 죽음은 김대중과 김영삼의 분열과 1990년 2월 '구국의 결단'이라는 명분을 내건 노태우 · 김영삼 · 김종필 간 3당 야합으로 인해 87년 민주화투쟁이 만들어 준 '여소야대 국면'

이 뒤집히면서 조성된 공안정국의 정점에서 발생한 비극이 아닌가 생각해 봅니다.

노태우 정권은 1990년 3당 합당으로 확대된 정치 공간, 그해 9월 17일 남북한 유엔 동시가입 등의 성과로 지지율이 80퍼센트 가까이 상승하자 자신감이 넘친 나머지 바로 10월 13일 "민주사회의 기틀을 위협하는 불법과 무질서를 퇴지한다" 등의 명분으로 '범죄와 폭력에 대한 전쟁'(범죄와의 전쟁)을 선포하였습니다. 그 결과는 가능한 모든 수단과 방법을 동원한 민주화 시위에 대한 무자비하고 신속한 진압이었습니다. 이러한 진압의 선봉에는 언제나 '번쩍번쩍 빛나는 하얀 헬멧'에 방독면과 청잠바, 청바지를 착용하고 곤봉과 사과탄으로 무장한 '백골단'이 있었습니다. 그들의 무자비한 폭력적 진압과 적극적인 검거는 시대를 더 암울하게 만들고 멍들게 하였습니다.

1991년 4월 26일 명지대 신입생 강경대 학우가 교내 시위 중 백골단의 쇠파이프에 맞아 사망하였고, 곧이어 4월 29일 강경대 학형의 사망 사건을 규탄하며 전남대 박승희 학형이 분신하였고, 뒤이어 5월 1일 안동대학교 김영균, 5월 3일 가천대학교 천세용, 5월 8일 전민련 사회부장 김기설, 5월 10일 노동자 윤용하, 5월 18일 전남 보성고 김철수 학생의 분신이 이어졌습니다. 그리고 이 암울한 '분신정국'이자 공안정국의 정점이었던 5월

25일 노태우 정권 퇴진과 공안통치 종식, 폭력경찰 사과 등을 요구하며 가두투쟁을 하던 중 백골단의 '토끼몰이' 진압 과정에서 김귀정 열사가 사고를 당하였습니다. 열사는 그렇게 암울한 시기에 보이지 않는 희망을 찾아 싸우다 우리 곁을 안타깝게 떠났습니다.

1991년은, 1987년 군부독재에 저항하며 활화산처럼 거세게 불타오르던 민주화의 열기와 새로운 사회에 대한 희망으로 투쟁의 생기가 펑펑 돌던 시기와 달리, 희망이 전혀 보이지 않는 상황에서 희망을 찾아가야 하는 더욱 엄중하고 암울한 시기가 아니었나 생각해 봅니다. 당시 상황이 이렇다 보니, 집을 나가 연락이 끊긴 막내인 나의 행방이 너무 걱정된 부모님이 형제들을 시켜 《한겨레신문》에 '어머님이 위독하니 빨리 돌아오라'는 1줄짜리 광고를 싣기도 하였습니다. 1991년은 그만큼 더 의연하게 더욱 치열하게 더 열심히 버텨 내며 다시 민주화 공간을 열어 보려고 모두들 절망 속에서 분투했던 민주화운동의 상징적인 한 해였습니다.

김귀정 열사가 생전에 남긴 일기에는 열사가 이러한 시대적 상황과 어떻게 대면했는지, 얼마나 의연하게 분투하는 삶을 살려고 노력했는지 잘 드러나 있습니다. 열사는 일기에서 "날마다 반성하고 날마다 진보하여, 진실한 용기로 늘 뜨겁고, 언제나 타성에 빠지는 것을 경계하고", "내 작은 힘이 타인의 삶에 용기를 줄 수 있는 배려를 잊지 말고, 한순간도 머무르지 않고 끊임없이 역사와 함께할 수 있는 그런 내가 되자"고 다짐하고 있습니다. 나아가 "나의 일신만을 위해 호의호식하며 살지만은 않을 것이다. 결코 그렇게 살지 않을 것이다"라고 스스로를 매섭게 채찍질하고 있습니다.

1991년, 그리고 김귀정 열사를 우리가 어떻게 기억하고 지금의 삶 속에서 어떻게 현재화하여 계승해 가야 할지는 남아 있는 우리의 영원한 숙제일 듯싶습니다.

91년 봄, 기억투쟁

| 하병수 교육 91 |

가끔 왕십리에서 술 한 잔을 먹고 나면, 행당시장 앞 횡단보도 끝자락에 자리 잡은 김귀정 열사 어머님의 노점에 들른다. 그곳에서 종종 우연히 성대 동문들을 만나곤 한다. 일부러 들러 어머님의 옥수수, 호박, 오이 등을 사는 모양이다. 적잖게 힘든 노점을 그만두시라는 주변의 권유가 많았겠지만, 어머님은 노점을 그만둘 이유를 찾지 못했을 것이고, 누이를 기억하고 찾아오는 이가 있으니 더더욱 그러실 수 없을 것 같다.

귀정 누이를 기억하려 하고, 어머님을 찾아 뵈려는 노력은 귀정 누이에 대한 부채의식에서 비롯되지 않았나 싶다. 적어도 나는 그렇다. 귀정 누이를 떠올리는 순간, 어머님을 뵙는 순간 우리는 91년 봄에 대한 기억투쟁을 하고 있는 것이다. '지금 나는 잘살고 있는가?', '지금의 사회는 여전히 폭력적이지 않은가?' 나와 주변을 돌아보는 성찰의 시간을 갖게 된다.

91년 봄, 당시 새내기였던 나는 무엇을 기억하고 있을까? 동기들을 만나면 대학 시절 애틋했던 기억들을 떠올리며 하나하나 이야기 보따리를 풀어내지만, 91년 봄은 좀처럼 꺼내지 못한다. 잊은 것일까? 91년 봄은 떠올리기 어려운 가슴 아린 기억들이다. 세월호 참사와 같다. 잊을 수 없고, 떠올리면 가슴 아픈 슬픈 격동기였다.

당시 새내기들에게 91년 봄은 잔인한 나날로 기억된다. 쿠데타 정권을 이어받은 노태우 정권은 전두환보다 더한 공안통치를 이어 갔고, 정권 차원의 권력형 비리인 수서 택지개발 비리도 터졌다. 부도덕하고 폭력적인 정권이었다. 1989년 5천 명의 대량 해직을 경험한 전교조 선생님들에 대한 정권의 탄압도 계속되었다. 언론을 통제했고, 사복경찰 백골단의 시위 진압은 5·18 광주항쟁 때처럼 무자비했다. 독재 타도와 민주주의를 외치는 대학생들의 운동도 최정점에 달해 있었다.

정권의 위기가 큰 만큼 대학생들을 향한 시위진압도 폭력적이었다. 명지대 새내기 강경대가 백골단의 쇠파이프에 죽고, 공안통치에 저항하는 분신투쟁이 끊임없이 이어졌다. 이른바 '분신정국'이었다. 전태일의 분신만 알고 있었던 내게 연이은 분신은 받아들이기 버거운 일이었다. 4,5월 두 달 만에 전태일, 박종철,

이한열과 같은 죽음이 열 명 넘게 이어졌다. 너무나 많은 사람들이 죽어 갔다. 그리고 분신 정국의 막바지에 88학번 김귀정 선배님의 죽음을 들었다. 수많은 죽음들과 또 달랐다. 너무나 가까운 곳에서의 죽음이었다. 생각할 겨를도 없었다.

귀정 누이가 백골단의 토끼몰이식 진압으로 죽은 날, 과 선배인 경수 형과 지현 형이 백병원에 무조건 가야 한다며 내 자취방에서 옷을 주섬주섬 챙겨 나갔다. 학우들은 시신이 안치된 백병원을 사수하고자 일사분란하게 24시간 노숙과 불침번을 이어 갔다. 처음에는 무작정 선배를 따라나서며 시신을 왜 지켜야 하는지조차 몰랐다. 백골단이 여러 번 시신 탈취를 시도했고, 선배들과 동기들이 심하게 다치는 것을 보며 무서웠다. 이것이 목숨을 걸어야 하는 일이라는 걸 깨달았다. 당시 백병원 옥상에는 델몬트주스병으로 만든 화염병이 준비되어 있었고, 목숨을 걸고 싸워야 할지도 모른다는 이야기도 들었다. 모두 귀정 누이를 두 번 죽이지 않겠다는 절박한 심정이었다. 5월에 참으로 많은 학우들이 죽었기에 누군가가 또 희생당할 수도 있겠다는 생각에 두려움이 더욱 컸다.

부도덕한 정권이 부검 결과를 어떻게 발표할지 자명했다. 언론이 정권의 발표를 받아쓰기하며 동료들을 살인자로 몰아갈 것임을 우리는 알고 있었다. 결국 시신은 탈취당했고, 우리의 예상은 맞았다. 정권은 부도덕하고 언론은 죽었다고 생각했다. 1991년 열사들의 잇따른 희생에 '죽음의 굿판을 걷어치우라'고 했던 김지하의 말, '배후에 좌익세력이 있다'는 박홍의 말을 언론들은 연이어 쏟아 냈다. 전교조 교사 5천 명을 교단에서 내몬 정원식 교육부장관에게 대학생들이 달걀을 투척하자, 언론들은 해프닝으로 끝날 수 있는 이 사건을 대서특필하고 대학가의 운동을 폄훼하여 국민들을 학생운동에 등지게 만들었다. 세월호 참사를 제대로 규명하지 못하고 전교조 교사들을 색깔로 덮어 버렸던 언론들의 행태는 지금도 변화가 없다. 선생님들은 학교에서 기자들을 제대로 교육하지 못한 탓이라며 자조 섞인 말들을 한다. 신자유주의 경쟁교육 시스템이 지금의 '기레기'를 양산해 왔던 것이다. 강남 8학군 출신 기자들이 언론사에 대거 포진해 있는 것이 이를 반증한다.

가끔 성대 근처에 가게 되면 금잔디광장이 보고 싶어 교정을 걷곤 한다. 바라만 보아도 가슴이 뛰는 곳이다. 91년 봄, 성균관 학우들은 금잔디광장에서 함께 분노하고, 울고, 다짐했다. 〈민족 성대 진군가〉가 울려 퍼지면서 학우들은 너나 할 것 없이 사수조로 나섰다. 새내기 딱지조차 떼 내지 못한 동기들이 사수조를 자원하여 금잔디광장 중앙무대로 성큼성큼 걸어 나갔던 장면이 떠오른다. 가두행진을 위해 교문을 뚫어야 했던 사수조와 학우들을 격려하고 한결같은 믿음을 주었던 기동민 총학생회장의 늠름한 모습도 기억난다. 사수조는 영결식 당일까지 투쟁을 이어 갔다. 귀정 누이 얼굴이 새겨진 티셔츠를 입고 검정으로 덧칠한 각목을 들고 노제를 사수하기 위해 긴 행렬을 만들었다. 귀정 누이의 영결식 전날 밤도, 당일에도 금잔디광장에서 함께했다.

영결식 날 금잔디 광장이 쉽게 열리지 못했던 기억이 난다. 성균관의 공자 위패를 이유로 유림들이 운구를 가로막았다. 학우들은 너나 할 것 없이 무릎을 꿇고 눈물로 호소하며 길을 열어달라고 애원했다. 운구는 후문 쪽으로 방향을 돌려 광장으로 들어갔다. 하루 종일 하늘도 울고, 우리도 울었던 날이다. 귀정 누이가 희생되었을 때처럼 비가 추적추적 내렸던 금잔디광장은 귀정 누이의 광장이다. 29일간 함께했던 귀정 누이를 보내는 날, 귀정 누이의 뜻을 이어 가겠다고 다짐에 다짐을 했던 날이기도 하다.

91년 봄에 대한 기억투쟁이 필요하다. 사회는 변하지 않았는데 당시의 다짐은 약해지고, 기억은 흐릿해지고 있다. 귀정 누이가 우리에게 던져 준 숙제는 무엇일까? 91년 봄, 우리가 금잔디광장에서 다짐했던 것들은 무엇일까? 91년 열사 정국은 공안독재를 끝내고 민주주의를 만들어 냈다. 92년 문민정부는 독재 대신 시

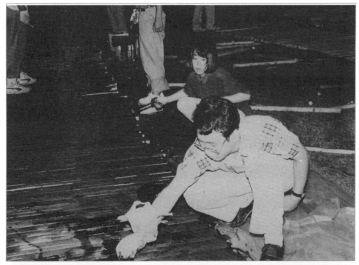

김귀정 열사 노제에 사용될 각목에 검은색 칠을 하는 성균관대 학생들(위), 금잔디광장에서 열린
김귀정열사 영결식(아래). 사진: 현장사진연구소 이용남 사진가 제공.

장권력을 선택했다. 신자유주의 시장권력은 대학생들과 전 국민을 경쟁에 내몰았다. 교육은 시장화되고 입시경쟁은 더욱 심해졌다. 대학들은 취업 경쟁에 내몰리며 지성도 운동도 사라져갔다. 교육, 노동, 언론, 정치 등 사회 전반에 걸쳐 형식적인 민주주의가 확산되고 386세대들이 제도권에서 주도적인 역할을 해 왔다. 하지만, 그들은 더 많은 불평등을 만들어 내고 있는 시장권력에 무기력하고 나약했다. 세월호 참사는 생명과 안전을 철저히 소외시킨 자본주의 시장권력이 만든 참사였다. 91년 봄처럼 어린 청춘을 앗아 갔고, 우리는 또다시 잊지 않겠다고 다짐했다.

91년 귀정 누이에 대한 기억투쟁은 귀정 누이를 죽게 만든 독재권력에 대한 저항투쟁임과 동시에, 독재권력을 대신하며 더욱 불평등한 세상으로 몰아 가고 있는 시장권력에 대한 저항투쟁이다. 귀정 누이가 꿈꿔 온 통일, 민주주의, 평화, 생명과 안전한 세상을 만드는 것이다. 매년 5월, 귀정 누이를 떠올리며 누이를 추모하며, 나와 주변을 성찰하게 된다.

마지막으로 지난 30년 간 1만 6천 학우들의 귀정 누이에 대한 기억투쟁을 도운 재필 형과 김귀정추모사업회에 진심으로 감사드린다.

어떻게 살 것인가

| 김호정 신방 88 |

'지하를 거점으로 서울을 장악하라'는 슬로건 아래 1991년 5월 말 지하철에서 김귀정 열사의 죽음을 알리고 정권을 규탄하는 선전 활동을 나갔을 때였다. 기억이 맞다면 나를 포함하여 10여 명이 함께 녹번역, 홍제역, 불광역 등 서대문구와 은평구에 위치한 3호선 지하철역 구내에서 대오를 갖췄다.

기대와 달리 우리가 나눠 준 전단을 받아들고 열심히 읽고 함께 분노하는 시민들은 거의 없었다. 대부분 바쁘게 제 갈 길을 갔고 건네진 유인물 상당수는 지하철 역사 바닥에 버려지거나 승강장 옆 플라스틱 의자 위에 놓여 있었다. 그럼에도 불구하고 우리는 울음이 목젖 어느 곳에 걸려 있는 목소리로 "김귀정을 살려 내라", "노태우를 타도하자"며 지나가는 시민들을 향해 구호를 외쳤다.

그렇게 10분 정도가 흐른 뒤 지하철 역사를 청소하던 노동자 분께서 '듣는 사람도 없고 청소하는 나만 힘들어지니 그만하고 자리를 비워 달라'며 불편한 의사를 드러냈다. 당시 4학년으로 조장 격이었던 나는 그분께 '열사의 죽음은 개인의 잘못이 아니라 국가폭력에 희생당한 것이고, 나를 비롯한 여기 학생들이나 아주머니의 자식도 폭력에 희생될 수 있으니 제발 우리에게 조금만 더 시간을 내 달라'고 설득에 나섰다.

그러자 그분은 바로 전까지 좀 귀찮아하면서도 어린 학생들일지언정 예의를 지키려 했던 태도에서 돌변해 '내 자식이 죽을 수 있다니 그런 악담이 어디 있냐'며 거세게 소리를 질러 댔다. 예상치 못했던 아주머니의 반응에 당황한 나는 '사회적 모순을 해결하지 못한다면 누구나 죽을 수 있다'고 해명했지만 그 말은 되레 그분의 분노를 더 키우고 말았다. 엄청난 기세에 눌려 우리는 다음 열차를 타고 쫓기듯 이동해야 했다.

열사의 장례식을 마친 직후 외국어대 운동장에서 벌어진 사건(정원식 교육부장관에 대한 계란 투척 사건)과 강기훈 유서대필 조작 사건, 동구 사회주의국가 붕괴 등으로 91년의 남은 시절은 길고 암울했다. 나도 대학원 진학, 입대, 취업, 결혼, 육아 등을 거치면서 나와 내 주변이 직접적인 피해를 입는 일이 아니라면 행동하지 않는 사람이 되었다. 내심 부끄러웠지만 '누군가에게 해 만 끼치지 않고 사는 것도 대단한 일'이라고 자위하며 살아왔다.

오랫동안 잊고 지냈던 그때 지하철역에서의 기억이 세월호 참사 이후 진상 규명을 요구하는 가족들을 향한 어처구니 없는 반응들을 보면서 다시 떠올랐다. 단순 교통사고와 다를 바 없다는 발언, 단식자 앞에서 단체 폭식을 하는 등의 알려진 일들 외에도, 주변에서 "돈을 바라고 저런다", "대학입학 특례조치가 말이 되냐", "지긋지긋하다"는 등의 막말을 툭툭 내뱉는 이들이 있었다. 그러나 더 이상 마음이 흔들리지 않는다는 나이를 지나 몇 년 뒤면 하늘의 명을 알게 된다는 나이를 앞둔 지금까지도, 그들을 마음속으로만 무시하고 비난했을 뿐 적극적으로 제지하지 못했다.

그들 앞에서 바로 잘못을 지적하고 제지하지 못한 것에 대한 자책감이 내내 마음을 짓눌렀다. 그 마음이 16~17년 동안 발길을 하지 않았던 광장에서 촛불을 들고 함께 구호를 외치고 노래를 부르며 청와대로 향하게 한 힘이 되었다.

이제 1991년 당시의 나처럼 '갓을 쓸 나이'가 된 아이와 함께 이천 열사의 묘소를 찾아 그의 영정을 바라보며 '어떻게 살 것인가'를 이야기할 수 있지 않을까.

소시민으로 살아온 백수가 열사에게

| 채희태 국문 88 |

김귀정 열사와의 접점

저는 1991년에 군대에 있었습니다. 1990년 나름 입대를 피할 요량으로 과 학생회장 출마도 해 보고, 자식을 군대에 보내기 위해 휴학계를 제출했던 부모님 몰래 입영 연기도 해 가며 1년을 버텼지만, 그 시대의 다른 동지들처럼 소위 '도바리'를 칠 용기는 없었습니다. 아마 일병 때였던 것으로 기억합니다. 외박을 나와 후배와 공중전화로 통화를 하는데 국문과 88학번 김미정 선배가 시위 도중 죽었다고…, 후배가 말했던 미정이는 저와 노래패도 같이 했던 단짝 동기였습니다. 심지어 둘이 사귀는 거 아니냐는 오해도 종종 받았던…. 도바리를 칠 용기조차 없었던 제게 탈영을 감행할 용기는 더더욱 없었습니다. 어느덧 군 생활이 객관적 도피의 대상에서 주관적 삶의 한 형태로 익숙해져 있었으니까요. 부대에 복귀해 확인해 보니 시위 도중 유명을 달리한 열사는 저와 단짝 동기인 국문과 88학번 김미정이 아니라 불문과 88학번 김귀정이었습니다.

얼마 지나고 첫 휴가를 나왔습니다. 오랜만에 집에서 꿀잠을 잤지만, 군에서의 습관 때문에 일찍 눈을 떴습니다. 새벽에 일어난 저를 보시고 어머니는 아침을 먹겠냐고 하시더군요. 어머니가 해 주신 기름기 자르르 흐르는 밥을 먹었습니다. 곧 다른 식구들이 일어났습니다. 식구食口란 '밥을 같이 먹는 입'이라, 전 다른 식구들과 함께 또 아침밥을 먹었습니다. 점심 즈음 학교에 가려고 집을 나섰습니다. 어머니가 점심 때니 밥을 먹고 나가라고 하시더군요. 전 오전에 집에서 세 끼를 다 먹고 나서야 집에서 나올 수 있었습니다,

학교에 와서 후배들을 만났습니다. 제가 신입생 때 콧물을 닦아 주던 90학번들은 어느덧 어엿한 선배가 되어 있었습니다. 낯선 91학번 후배들도 만났습니다. 몇몇은 선배들에게 들어 제 이름을 알고 있다고 하더군요. 선배에게 후배들은 삶의 족쇄가 됩니다. 후배와의 접점과 벗어나 있었던 개별적인 사정 따윈 고려의 대상이 되지 않으니까요. 후배들의 눈빛은 모두 상기되어 있었습니다. 김귀정 열사의 죽음, 열사를 지키기 위한 백병원 투쟁, 지하를 거점으로 서울을 장악했던 그 당당한 경험들이 눈빛에

묻어 있는 것 같았습니다. 그리고 우연히 과방에 있던 《성균지》를 집어 들었습니다. 첫 장을 넘기자 속표지에 익숙한 얼굴이 물대포를 맞고 얼굴을 찡그린 채 전방을 주시하고 있었습니다. 90학번 후배 하경이었습니다. 그 사진을 보고 저는 그만 울컥하고 눈물을 쏟고 말았습니다. 그 사진 속에 있는 하경이의 표정에는 많은 것이 들어 있었습니다. 열사와 함께했던 모든 투쟁의 과정뿐만 아니라, 군대로 도망쳐 버린 저에 대한 원망까지도….

하나의 에피소드를 더 말씀드리겠습니다. 전 군 생활을 군악대에서 했습니다. 어느 날 후배가 소포를 하나 보냈다고 하더군요. 불안했습니다. 초콜릿을 보내 줄 여자 후배가 있었던 것도 아니지만, 저에게 소포를 보낸 후배는 그 작은 가능성마저도 없었던 남자 후배였기 때문입니다. 다행히 행정반에 학생운동을 하다 군대에 온 방위 선임이 있어서, 후배가 소포를 보냈다고 하는데 왠지 불안하니 인사계가 검열하기 전에 따로 빼 달라고 부탁을 했습니다. 나중에 휴가를 나와 집에서 소포를 확인해 보니 91년 투쟁을 담은 노래 테이프였습니다. 후배는 세심하게도 테이프의 겉을 들어본 적도 없는 클래식 제목으로 위장해 주었습니다. 클래식 음악을 좋아했던 군악대 인사계의 손에 그 소포가 들어갔으면 어땠을지, 지금은 해프닝이지만 그때는 등골이 오싹했던 기억이 있습니다.

추모의 자격

시간이 제법 흘러 1993년이 되었습니다. 국방부 시계는 거꾸로 매달아도 돌아간다는 우스갯소리가 있듯, 어느 새 난 제대할 날을 손꼽아 기다리고 있었습니다. 군 생활 내내 하지 않던 걱정을 제대 후 부산에서 집으로 돌아오는 기차 안에서 몰아서 했습니다. '복학하면 3학년인데… 이제 난 어떻게 살아야 할까?'

난 애국적으로 군 생활을 하고 돌아오겠다는 후배들과의 약속을 잊은 채 졸업 후를 걱정하고 있었습니다. 그동안 받은 학점을 계산해 평점 3.0을 받으려면 얼마나 공부를 해야 하는지 따져 보기도 했습니다. 남은 과목 모두 A+를 받으면 어찌어찌 반올림까지 해서 겨우 3.0은 넘길 수 있을 것 같았습니다. 그 당시는 평점 3.0을 넘어야 취직을 할 수 있다는 미신 같은 것이 있었습니다. 그렇게 내 마음은 동지들이 우글거리는 과방이 아니라 도서관을 향하고 있었습니다. 제대 날짜가 다행히 3월 초라 바로 복학할 수 있었고, 제대 후 맞이한 93학번 후배들은 90학번 후배들과 또 달랐습니다. 난 그들의 푸릇푸릇함에 이끌려 개강 모꼬지를 따라가게 되었는데, 그 버스 안에서 후배가 부르는 노래를 듣고 가슴을 망치로 쎄게 얻어맞은 듯한 느낌을 받았습니다. 그때 후배가 불렀던 노래는 바로 〈열사가 전사에게〉 였습니다.

동지여 그대가 보낸 오늘 하루가

어제 내가 그토록 살고 싶었던 내일,

동지여 그대가 보낸 오늘 하루가

내가 그토록 투쟁하고 싶었던 내일…

열사가 마치 도서관으로 향하는 나를 지켜보고 있는 듯한 가사에 내 발길은 다시 과방을 향했고, 그해 난 후배들의 요청으로 총학생회에서 문화국장을 하게 되었습니다. 지금까지도 끈질기게 '김귀정 열사 추모사업회'를 이끌어 온 재필이 형을 만난 것은 그때였습니다. 당시 보궐선거로 총학생회장이 된 재필이 형은 여러 정파들의 추천을 받아 공동 집행부를 꾸렸습니다. 그때 보았던 총학생회장 이재필은 지금까지도 제 삶의 족쇄가 되고 있습니다. 후배도 아닌 선배가 삶에 족쇄가 되다니…. 재필이 형은 1991년 비겁하게 군대에 있었던 제게, 김귀정 열사를 추모할 수 있는 곁을 내어 주었습니다. 결혼 후 2001년 10주기 추모제를 같이 준비했고, 2011년 20주기 추모제에서는 선후배, 동기들과 무대에 함께 올라 합창도 했습니다. 그리고 30주기 추모제를 2년 앞 둔 어느 날 저에게 김귀정 열사 30주기를 준비해야 하니 기획위원장을 맡아 달라고 제안하였습니다. 시간도 많이 지났고, 많은 사람들이 자신의 일상에서 바쁘게 살아가고 있기 때

문에 마땅한 사람이 없었을 것입니다. 그렇다고 혼자 모든 일을
다 하기에는 재필이 형의 나이도, 그리고 일주일에 세 번 신장투
석을 받아야 하는 건강도 여의치 않았을 것입니다.

1991년의 시대적 의미

30년이 지나 생각해 보니 1980년 5·18 광주와, 1987년 6·10
민주화항쟁의 의미에는 미치지 못하지만, 1991년도 충분한 역
사적 의의가 있는 것 같습니다. 1987년 봇물처럼 터진 민주화
요구에 반민주 세력은 대통령 직선제를 수용한 6·29선언을 발
표하며 한 발 물러섰습니다. 아마 한 발만 물러서면 자신의 기득
권을 지킬 수 있다고 생각했던 것 같습니다. 그리고 전두환과 함
께 광주 시민을 학살했던 노태우가 대통령이 되었습니다.

　반민주 세력의 기대와 달리 기세를 잡은 민주화 세력의 행진
은 6·29선언으로 멈추지 않았습니다. 전태일 열사의 후예들이
오랫동안 노동현장에 뿌렸던 노동운동의 씨앗이 1987년 노동
자대투쟁으로 이어졌고, 1988년엔 남북 청년학생회담 요구 투
쟁으로, 그리고 1989년엔 전두환·이순자 구속 투쟁으로 수위
를 높여 가며 반민주 세력을 벼랑 끝으로 몰아세웠습니다. 그리
고 1990년 민주화 세력은 전노협을, 그리고 반민주 세력으로 돌
아선 김영삼은 김종필·노태우와 결탁해 민자당을 결성했습니

다. 그러는 와중에 제2차 세계대전부터 시작된 동서 냉전의 한 축이 무너지는 대 사건이 벌어졌습니다. 사회주의 진영을 대표해 왔던 소련이 미국과의 군비 경쟁에서 손을 들고 해체의 길로 들어선 것입니다. 소련의 붕괴는 세계적으로 지대한 영향을 미쳤습니다. 그리고 수세에 몰리던 대한민국의 반민주 세력은 소련의 몰락을 민주화 세력에 대한 반격의 명분으로 삼았습니다. 명분만 주어진다면 정치와 경제와 언론은 언제든 자신이 가지고 있는 기득권을 지키기 위해 한 배에 올라탈 수 있습니다. 그리고 그 힘을 무시하기란 쉽지 않습니다.

자신이 고담시 최고의 갑부 토마스 웨인의 아들일지도 모른다는 기대의 증폭, 정성을 다해 모셔 왔던 어머니가 사실은 친모가 아니며 어린 시절 학대를 통해 현재 자신이 앓고 있는 해피한 정신병의 원인을 제공했다는 현실 인식이 만든 급작스런 간극은 배트맨 세계관의 최고 빌런 조커를 탄생시켰습니다. 1987년부터 이어져 왔던 민주화에 대한 부푼 기대감이 현실의 권력을 지키고자 하는 반민주 세력의 신공안정국과 만나 거세게 충돌했던 시기가 바로 1991년이었습니다. 누군가에게는 "죽음의 굿판"으로 느껴졌던 분신 정국은 사실, 기대로 나아가고자 하는 민주화 세력의 힘과 현실의 기득권을 지키려고 하는 반민주 세력의 힘이 거세게 충돌한 결과였을지도 모릅니다. 시대는 생산관계라는 단단한 용기容器와 상부구조라는 유연한 액체가 만나 이루어집니다. 하나의 시대가 시작된다는 것은 새로운 용기에 새로운 액체가 담기는 것이라고 할 수 있습니다. 새로운 시대가 시작되면 누군가는 시대에 저항하고, 누군가는 시대에 적응하며, 또 누군가는 시대를 벗어나기 위해 살아갑니다. 그래서 모든 시대에는 전前 세대와 현現 세대와 탈脫 세대가 공존합니다. 그 과정에서 상부구조라는 액체는 생산관계라는 용기 안에서 조금씩 차오르며 비로소 단단한 용기를 깨뜨릴 에너지를 갖습니다. 그리고 1992년 말, 문민정부를 표방한 김영삼 정부가 출범하며 대한민국의 근현대사를 지배했던 군사독재는 막을 내립니다.

추모에서 일상의 기억으로

대한민국의 청소년들이 자살을 하고, 자해를 하고, 자퇴를 하는 이유도 다르지 않은 것 같습니다. 스마트폰을 통해 만나는 온라인 세계에 대한 기대감이, 경험을 통해 단단해진 부모의 확신과 교육제도의 관성에 올라타 있는 학교의 태도 등 오프라인 세상과의 간극을 점점 더 넓혀 가고 있기 때문입니다. 김귀정 열사가 노태우 정권의 신공안통치에 반대하다 산화한 지 30년이라는 시간이 지났습니다. 그리고 그때 민주화를 요구했던 사람들은 기성세대가 되었습니다. 그중에는 대한민국이라는 거대한 배를 움직일 수 있는 힘을 가진 사람도 있습니다.

얼마 전 잊혀져 가는 민중가요를 소환해 올림픽 체조경기장에서 콘서트를 하자는 기획이 진행되었습니다. 다행히(?) 코로나 때문에 민중가요 소환 콘서트는 소환이 아니라 소멸되었지만, 수면 아래에서는 민중가요의 헤게모니와 관련하여 사소하지 않은 이견의 충돌이 있었습니다. 민중가요 소환 콘서트의 사전 이벤트로 〈민중가요 이야기〉를 연재했던 한 이해관계자로서 전 기성세대들이 30년 전 그때처럼 팔뚝질을 해 가며 민중가요를 부르는 추태는 보이지 말자고 이야기했습니다. 대신 기성세대가 건설한 세상에서 힘들게 살아가고 있는 청춘들과 30년 전 정의를 외쳤던 청춘의 모습으로 만나 연대하자고 제안하였습니다.

만약 김귀정 열사가 일제강점기에 태어났다면 유관순 누나를 도와 태극기를 들었을지도 모릅니다. 김귀정 열사가 지금 이 시대에 대학을 다니고 있다면 어떤 모습으로 살아갈까요? 김귀정 열사에 대한 추모가 단지 그 시대를 회상하는 것에 그친다면, 그래서 지금 내 삶의 절박함과 분리되어 있는 파편으로 존재한다면 차라리 추모의 행위를 멈추는 것이 진정 김귀정 열사가 우리에게 바라는 것은 아닐까 생각해 보았습니다. 그 마음을 담아 김귀정 열사 30주기를 준비하는 기획위원장으로서 '귀정 2021'의 발문을 썼습니다. '귀정 2021'이 김귀정 열사를 추모하는 30번째 행사가 아니라, 이 시대를 공유하고 있는 모든 이들이 일상에서 귀정이를 만나는 첫 번째 행사가 되었으면 좋겠습니다.

해마다 5월 25일이면
1991년으로 돌아가 귀정이를 만납니다.
귀정이와 함께한 30년…
어느덧 새치가 머리를 덮고,
주름이 세월의 골만큼 깊어졌습니다.

우리가 귀정이를 만나러 가지 않아도,
우리가 귀정이를 만날 수 없어도,
굳이 우리가 아니더라도,
더 많은 사람이
일상에서 귀정이를 만났으면 좋겠습니다.

꽃잎은 떨어져도
매년 새로운 모습으로 피어납니다.
민주주의의 꽃 귀정이도 그렇습니다.
30년 전에도 피었고,
오늘도 피어 있고,

그리고 더 많은 시간이 지나도
민주주의의 꽃으로 새로운 꽃망울을 터뜨릴 것입니다.

우리는 오늘
동생으로, 누이로,
그리고 벗의 모습으로 일상을 살고 있는
귀정이를 만나러 갑니다.

귀정이의 꿈을 기억합니다*

| 이은주 정의당 국회의원 |

1991년 5월 25일, 그날은 하루종일 추적추적 비가 내렸습니다. 풀무질에서 시위 계획을 확인하며 삼삼오오 버스를 타고, 지하철을 타고 대한극장 앞으로 이동하면서 눈빛으로 '조심해…' 서로의 안위를 빌었는데, 다시는 그 아름다운 환한 웃음을 못 보게 될 줄은 꿈에도 몰랐습니다.

귀정이의 시신을 지키기 위해 백병원 앞 아스팔트에서 밤을 세웠던 시간들…. 하늘도 슬퍼하며 참 많은 비가 내렸던 5월의 마지막 주가 생각납니다. 우리 모두가 그렇듯 저 역시 시간이 아무리 흘러도 그날을 선연하게 기억합니다. 그리고 귀정이의 꿈을 기억합니다.

---

* 이 글은 2020년 묘소참배 추모연설문을 정리한 것이다.

없는 사람, 가난한 사람이 소외되지 않고, 평등하고 당당하게 살 수 있는 그런 세상. 20대 청년이 꿈꾸었던 담대하지만 소박한 바람을 기억합니다.

이제 그날로부터 30년이 지났습니다. 우리가 매년 만나 30년의 인연을 이어 온 것은 단지 귀정이가 나의 친구, 선배, 후배이기 때문이 아닙니다. 우리가 지난 30년 귀정이를 잊지 않을 수 있었던 이유는, 우리 모두 귀정이의 꿈과 소망을 공유하기 때문입니다. 우리는 귀정이와 같은 꿈을 꾸는 사람들입니다.

지난 30년 우리는 적지 않은 것을 이루었지만 여전히 우리에겐 가야할 길이, 해야할 일이 더 많다고 생각합니다. 제가 처음 국회의원 출마를 결심하며 어머니를 찾아 뵈었을때, 어머니께서 세 가지를 당부하셨습니다. 첫째, 가난한 사람을 위한 정치를 해 달라. 둘째, 쓸데없는 것을 두고 싸우지 말아 달라. 셋째, 돈 욕심 부리지 말라는 것이었습니다.

너무 소중한 말씀이었고 어머니의 바람, 귀정이의 바람, 우리의 바람이 여전히 한결같이 이어져 있음을 느꼈습니다. 저는 오랫동안 노동운동을 했지만 정치에는 첫발을 내딛는 그 길에 어머니께서 해 주신 말씀을 화두로 삼아 귀정이의 희망이 바래지 않도록 푸릇푸릇한 정치를 해 나가겠다는 약속을 드렸습니다.

20대 당찬 여대생의 꿈이 이제 우리 사회의 중추가 된 시민의 꿈이 되었습니다. 그리고 그 꿈은 우리의 손에서, 그리고 우리의 아이들과 후배들의 손으로 이어질 것입니다. 그래서 저는 오늘 귀정이에게 편안한 목소리로 이야기하고 싶습니다.

"귀정아 지난 30년 우리와 함께 해 주어서 고맙다. 그리고 앞으로도 오랫동안 우리들 속에 함께 남아 있어 줘. 네가 짊어졌던 역사의 무게를 내가, 그리고 우리가, 우리의 미래가 함께 짊어지고 나아갈 거야."

너의 벗, 은주가

6

새로운 다짐

성균관 대학교 儒學科 88 03102
김 귀 점.

일기_1990년 1월 21일

<90. 1. 21>

— 이런 내가 되자.

날마다 반성하고 날마다 진보하며
진실한 용기로 붓 뜨겁고
언제나 타성에 빠지는 것을 경계하며
모든 것을 창조적으로 바꾸어 내며
비뚜한 A련도 이겨낼 수 있고
내 작은 힘이 타인의 삶에
용기를 줄 수 있는 배려를 잊지말고
한 순간도 머무르지 않고
끊임없이 역사와 함께 할 수 있는.
그런 내가 되자.

— 그래 한 순간도 머물러서는 안된다.
난 무엇이 될까? 10년후에 나는 어떤 모습으로 ·세상을
살아가고 있을까?
난 나의 미래가 불안하고 자신도 확신도 없다.
하지만 한가지 확실한 것은 나의 일신만을 위해 호의력
하며 살지 않은 않을 것이며. 결코 그렇게 살 건 않을것이다.

혁명의 시대가 지나간 좌표에서
다시 열사의 신념을 기억합니다

| **최은혜** 김귀정생활도서관장 |

얼마 전, 김정한의 《비혁명의 시대》를 읽으며 다시 한 번 김귀정 열사를 떠올렸습니다. 저자는 91년 5월투쟁을 톺으며 흩어져 버린 혁명의 유산을 회고합니다. 백골단의 폭행으로 명지대생 강경대가 사망하고, 한진중공업 노조위원장 박창수가 의문사를 당하며, 성균관대생 김귀정이 시위 도중 강경진압으로 사망한 사건들이 투쟁의 도화선이 되었습니다. 당시 전남대생 박승희를 비롯해 학생, 노동자, 빈민 11명이 연이어 분신했습니다. 불과 두 달이 채 안 되는 사이에 14명이 사망하고 전국적으로 6월항쟁 이후 최대 규모의 거리 시위가 벌어졌습니다.

예기치 못하게 발생했던 1991년 5월의 일들은 명칭 없이 '분신정국'이라 불렸고, 뒤늦게 '1991년 5월투쟁'이라는 이름이 붙여집니다. 그러나 강기훈 유서대필 조작 사건과, 그런 허구를 믿고 싶어 했던 대중의 피로감이 복합적으로 작용하여 투쟁은 급격히 소멸하고, 민중운동 세력은 패배적으로 기억되며, 민주화 과정은 제한적인 정치적 민주주의를 허용하는 것으로 귀결됩니다. 그래서 저자는 1991년 5월 이후를 '비혁명의 시대'라고 이름 짓습니다. 혁명을 못한 시대이자, 혁명적이지 않은 시대라는 의미입니다.

> "날마다 반성하고 날마다 진보하여 진실된 용기로 늘 뜨겁고, 언제나 타성에 빠지는 것을 경계하며, 모든 것을 창조적으로 바꾸어 가며 어떠한 시련도 이겨 낼 수 있고, 내 작은 힘이 타인의 삶에 용기를 줄 수 있는 배려를 잊지 말고, 한순간도 머무르지 않고 끊임없이 역사와 함께할 수 있는 내가 되자. 그래, 한순간도 머물러서는 안 된다. … 난 무엇이 될까? 10년 후에 나는 어떤 모습으로 세상을 살아가고 있을까? 난 나의 미래가 불안하고 자신도 확신도 없다. 하지만 한 가지 확실한 것은 나의 일신만을 위해 호의호식하며 살지만은 않을 것이다."

몇 년간 김귀정생활도서관을 지키며 매년 5월 열사추모제 때마다 낭독해 왔던 귀정 열사의 일기입니다. 성균관대 후배들이 열사에 대해 가장 먼저 떠올리는 단편적인 인상 중 하나이기도 합니다. 그 나이대의 누구나가 그러하듯, 개인의 내면에 상존하는 불안정함에 흔들리면서도 자신이 있어야 할 영역을 지키고, 그 영역과 세상의 관계를 끊임없이 고찰하는 태도는 큰 귀감이 되곤 했습니다. 그러나 91년 5월투쟁이 남긴 유산과 공존하는 현 세대의 관점에서 한 발짝 뒤로 물러나 조망해 보니, 짧은 혁명의 시대가 지나간 자리에 남아 있게 될 사람들에게 덧붙이고 간 추신처럼 느껴지기도 합니다. 혁명적이지 않은 상황에서도 세상이 바뀌기를 희망하는 우리에게 신념의 문제를 집요하게 묻고 있는 것만 같습니다.

또 다른 일기에서 열사는 이렇게 말합니다.

"운동은 변하지 않는 신념이다. 나에게 중요한 것은 논리적으로 타당한 무엇을 '선택'하는 문제가 아니라, 끝까지 운동적 삶을 살아가느냐의 문제다"

실제로 열사는 변하지 않는 신념을 지닌 운동가로 살아가기 위해 매 순간 스스로를 단련했다고 합니다. 남 앞에 드러나거나 뛰어나지는 않지만 소리 없이 주위의 동지들을 챙기며, 궂은일을 마다하지 않고 생활의 아주 작은 부분조차 허술하게 넘어가지 않는 철저한 실천적 활동가로서의 삶을 살기 위해 노력했습니다. 그렇게 삶의 끝과 끝의 순간까지도 운동적 삶을 살다 가셨음을 압니다.

2021년은 귀정 열사께서 운명하신 지 30년이 되는 해입니다. 30년은 보통 한 세대의 순환주기라고도 합니다. 혁명의 시대이자 세대가 지나간 좌표에서, 다시 열사의 신념을 기억하겠습니다. 변하지 않는 신념을 움켜쥐고 매 순간 운동적 삶을 걸어가신 그 길, 그 뒤를 묵묵히 뒤따라가겠습니다.

추모의 힘

| **박현아** 유전공학 15 |

'인권사회학' 수업을 들으며 김귀정 열사를 추모한다는 게 무슨 의미인지 다시 고민할 기회가 있었다. 학기가 거의 마무리될 즈음인 14주차 수업의 주제는 '이행기 정의'였다. 이행기 정의란 권위주의 및 전체주의 독재정권에서 민주주의로의 전환이나 내전·분쟁이 종식되고 새로운 정권이 세워진 이후, 과거의 국가폭력이나 인권·전쟁범죄 등을 어떻게 해결할 것인가 하는 문제에서 핵심이 되는 개념이다. 한국의 이행기 정의 운동은 5·18 진상 규명 운동을 시작으로 일본군 '위안부' 문제, 독재정권 하의 수많은 국가폭력 사건을 둘러싸고 민주화운동의 형식으로 이루어졌다.

이 수업에서 다룬 몇 개의 논문은 이런 내용들로 이루어져 있었다. 이나영[1]에 따르면 트라우마란 과거의 사건에 의해 영원히 고정된 상태로 피해자에게 새겨져 있는 아픔이 아니라, 피해자의 경험이 말해지고 사회에 의해 거부 혹은 받아들여지는 과정에서 계속해서 재/해석되는 문화적 · 사회적 구성물이다. 이런 문화적 트라우마 개념은 트라우마가 피해자와 가해자만의 문제가 아니라 그들을 둘러싼 사회 전체의 문제임을 인식하게 한다. 사회 구성원 모두가 피해자의 경험과 언어가 들릴 수 있는 사회적 환경을 조성할 책임이 있으며, 대중들은 피해자의 고통을 함께 느끼며 자신의 트라우마를 해석하고 가해자성을 반성하며 피해자와 만나고 연대한다.

김명희[2]도 '공동체 기반의 이행기 정의 모델'을 통해 비슷한 이야기를 한다. 이 모델은 가해자-피해자 이분법을 넘어선 "가해자, 피해자, 목격자, 방관자, 방어자 등의 다층적 행위자 범주를 포괄하는 생태적 접근"을 시도한다. 가해자의 폭력을 고립시키는 피해자-방어자 간의 "성찰적 공감"에 기반한 연대와 피해자와의 만남을 가능하게 하는 역사적 재현의 중요성을 강조한

---

1 이나영, 〈초국적 페미니스트 관점에서 본 일본군 '위안부' 운동: 한일 운동의 역사 기록과 비교 연구〉, 2017.
2 김명희 〈한국 이행기 정의의 감정동학에 대한 사례연구-웹툰 〈26년〉을 통해 본 5 · 18 부인(denia)l의 감정생태계〉, 《기억과 전망》 여름호(통권 34), 2016.

다. 응보적이며 동시에 회복적인 정의는 피해자와의 마주침을 통해 형성되는 미안함, 죄책감, 부끄러움과 구조적 원인에 대한 성찰을 통해 가능하며, 역사적 사건의 현재적 의의 또한 이 과정에서 발견될 수 있다.

수업을 들으며 김귀정 '열사'를 추모하는 것의 의미를 생각해 보았다. 우리가 그를 기억하고 따른다는 것은 그의 역사가 계속해서 우리 사회에 들릴 수 있도록, 그의 죽음에 대한 책임을 부인하는 자들로부터 그의 이야기를 지켜 내고 계속 전달하겠다는 다짐일 것이다. 여전히 혜화동 캠퍼스 학생회관 2층에서 단호한 얼굴로 우리를 응시하고 있는 열사를 마주하며 방어자이자 기억하는 자, 재현하는 자로서 그의 정신을 기린다는 다짐은, 결국 어떤 사회를 만들 것인가 하는 문제와 닿아 있을 수밖에 없다.

내가 태어나기도 전에 일어났던 민주화운동 과정에서 희생된 김귀정 열사에 대한 나의 책임은, 그와 같은 열사들의 희생이 지금의 사회를 만들었다는 사실에서만 비롯되는 게 아니다. 계속해서 그의 삶의 의미를 희석시키려는 힘들로부터 그를 지켜 내야 할 책임이 우리에게 있다. 민주화운동이 우리 사회에서 가지는 의미와 그 과정에서 희생된 수많은 사람과 그들의 삶의 의미는 여전히 해석 전쟁 속에 놓여 있다. 김귀정 열사는 '타인의 삶에 용기를 줄 수 있는' 그의 '작은 힘'을 일신을 위해서만 쓰지 않겠다고 다짐하곤 하였다. 나에게도 존재하는 그 작은 힘을 나는 그의 목소리가 널리 퍼지는 사회를 만드는 데 쓸 책임이 있다. 김귀정 열사의 죽음의 가해자도 피해자도 목격자도 아닌 우리는, 방관자가 아니라 방어자가 되어야 한다.

한나 아렌트는 《인간의 조건》에서 인간은 처벌할 수 없는 것을 용서할 수 없으며, 용서받을 수 없는 것을 처벌할 수 없다고 하였다. 이행기 정의에서도 처벌 없이 화해나 회복은 불가함을 명시하고 있다. 처벌은 단순한 응보적 차원을 넘어서 가해자의 죄를 공식화한다는 점에서, 그래서 피해자의 이야기가 우리의 공식적인 기억이 되게 한다는 점에서 특히 중요하다. 그의 삶과 죽음을 둘러싼 의미와 기억, 재현을 통한 처벌의 가능성은 우리의 손에 놓여 있다.

우리가 김귀정 열사를 국가폭력의 피해자만이 아니라 열사로서 기억한다는 것은, 그의 희생이 역사적 의미를 가진다는 것을 기억하는 것이다. 우리에겐 김귀정 열사의 삶이 역사적 의미를 갖는 사회를 만들 책임이 있으며, 이러한 사회는 가해자의 시선에서 만들어지는 이야기가 사회적으로 고립되는 것으로부터 시작되어야 한다. 가해자 세력의 끊임없는 정당화에 맞서, 열사의 삶과 죽음의 의미가 구성원들의 공식적 인식의 지평이 되는 사회를 만들기 위해, 우리는 올해도 열사를 추모한다.

당신을
언니라고 부르기까지

| 서정명 아동 96 |

누이.

같은 어버이에서 태어난 사람들 중 남자가 여자 형제를 이르는 말.

보통은 손아래 여자를 가리킴.

나도 알고 있었어. 그래서 내가 언니 당신을 누이라고 부르는
건 꽤 이상한 일이었어. 그런데 어쩌겠어. 다들 누이, 누이 하니
까. 그래서 나는 당신을 열사, 열사 했어. 매일 당신의 사진을 보
고 자주 당신의 일기를 읽었던 나는 가끔 당신을 가깝다 느낄 때
가 있었지만, 당신은 누이가 아니면 열사였어. 나는 당신을 '언
니'라 칭하기엔 자격이 모자라다 생각했어. '쟤는 김귀정을 직접
만난 적도 없으면서 웬 호들갑이지?' 할 것 같았거든. 지금의 나
는 멋있으면 다 언니라고 하지만 스무 살의 나는 그러지 못했으

니까.

뭔가 이상하긴 했어. 이 학교에 언니 당신 말고도 열사는 참 많은데 그들은 모두 그저 열사였지 형으로도 아우로도 불리진 않았거든. 마음 한구석이 불편했지만 당신과 함께 세상을 이야기하고 술을 나누고 거리에서 어깨를 걸고, 그러다 당신의 시신을 지켰던 사람들이 만든 질서를 존중하고 싶었어. 그러다 언니, 어느 순간 그 불편함이 싫어졌어.

그 어느 순간은 천천히 왔어. "여자가 밥을 더 잘하니까 여학우들이 통일선봉대에게 밥해 주는 게 나쁜 게 아니잖아" 하는 말, 성폭력 사건에 묻지도 따지지도 않고 무고를 먼저 주장하던 말, '당신만이 희망입니다' 하며 아이를 안고 남성 해고자를 배웅하는 여성의 모습이 있는 포스터를 보고 "가장인데 당연한 거 아니야?" 하던 말, "우리는 여학우가 없어서 플래카드를 못 써" 하던 말, 그리고 콕 찝어 "대오를 사수해 주실 남학우들은 앞으로 나와 주시기 바랍니다" 하던 말. 겪은 지 20년이 지나가지만 아직도 불편한 말들. 그 말의 주인공들은 대부분 나에게 참 잘해 주었지만 그들이 나에게 베푸는 따뜻함과 배려가 불평등을 정확히 향하는 순간이 가끔 그리고 얇게 천천히 쌓여 웬만한 두께가 되었을 때, 나는 그들이 만든 질서 중 적어도 당신을 누이라고 부르는 것은 지켜 주지 않아도 되겠다 싶었어. 게다가 주워들었던 언니의 삶에서도, 읽었던 언니의 일기에서도 언니는 자신을 어떤 남자의 손아래 여자 형제로 생각하지 않았으니까.

그래서 나는 눈 내리던 어느 날, 마석의 언니 무덤 앞에 서서 입 밖에 내어 불렀어. "언니, 언니." 이물없고 좋더라고. 그전의 "열사, 열사" 했던 시간이 아까울만큼.

그렇게 당신을 언니라고 부르고 살았어. 그리고 마흔이 훌쩍 넘은 지금, 나는 언니가 어떻게 살았고 어떻게 죽었는지 모르는 나이기를 간절히 바라. 어쩌면 아예 김귀정이라는 이름을 모르는 나이기를 바라. 나는 지금도 비 내리던 천구백구십일년 오월 이십오일 오후 일곱 시쯤 집회를 마치고 종로분식에 들어서는 언니를 상상하곤 해. 아니다, 집회를 마치지 않았음 어때. 그냥 살아서 집으로 돌아가 "엄마, 나 왔어" 할 언니를 상상해. 그렇게 살아 남아 그냥 민주동문회의 어느 행사에서 스쳐 지나간 선배가 되었더라면 더 좋았을 거야. 뒤풀이쯤에서 만났대도 참으로 나는, 저 사람 참 멋지네 싶어 혼자라도 언니, 언니 했을 테니까.

조금이라도
나은 사람이 되기 위하여

| **김한범** 사학 93 |

1993년 2월, 입학 전에 일찍 서울에 올라와 있던 나는 선배들의 손에 이끌려서 김귀정 선배의 명예졸업식에 참석했다. 그날 무슨 생각을 했는지 전혀 기억나지 않지만, 그렇게 맺은 인연은 대학생 시절의 처음부터 학교와 관련된 행사 중 유일하게 참석하는 행사가 추모제인 지금까지 삶의 아주 중요한 부분이 되었다.

김귀정 선배와 직접적인 인연이 있거나 1991년을 경험한 선배들과 다르게, 나에게 김귀정 선배를 기억한다는 것은 조금 더 막연한 면이 있다. 예전에는 열사 정신 계승 같은 말도 어렵지 않게 했지만, 이제는 조금 쑥스럽고 겸연쩍은 느낌도 있다. 아직도 우리 사회에 수많은 과제들이 있지만 국가권력에 대한 분노나 민주화라는 대의도 어딘가 어색해진 것이 사실이다. 이제는 명실공히 기성세대가 되었고 많은 것에 익숙해져서 쉽게 분노하지도 않고, 분노하더라도 행동으로 옮기기도 힘들어졌다. 그렇지만 김귀정 선배를 기억하고 추모하며 그 기억을 함께하려는 노력은 여전히 매우 소중하다.

직접적인 인연이나 기억도 없고 가슴 뜨거운 무엇도 쉽게 찾을 수 없지만 김귀정 선배를 기억하고 추모하며 그 기억을 함께하려고 노력할 때, 내 삶의 일상뿐 아니라 타인의 삶과 일상도 소중하게 여기고 있는지 스스로를 돌아보게 된다. 김귀정 선배의 일기글들, 오늘도 계속되고 있을 김종분 여사의 노점, 함께 추모하고 자신의 삶 속에서 그 가치를 실천하고 있는 선후배들을 떠올릴 때, 일상에서 조금이라도 타인의 삶을 돌아볼 수 있는 기회를 가질 수 있었다. 약간의 번거로운 절차나 귀찮은 잔업 때문에 다른 사람들의 휴일을 무시하지 않고, 나와 상관 있는 현장에서 누군가 다치거나 피해를 봤을 때 사람보다 일이 지연되는 것을 걱정하지 않는 것, 이 당연한 태도를 나는 김귀정 선배를 기억하고 추모하며 그 기억을 함께하려고 노력하면서 유지할 수 있었다.

내가 대학에 처음 들어왔을 때 거의 30년 전에 일어난 4·19 혁명이 너무나도 오래전 일로 여겨졌는데, 이제 김귀정 열사 30주기를 맞게 되니 '벌써'라는 생각이 앞선다. 아마도 하나의 사건이 아니라 그 속의 많은 사람들과 다양한 관계들이 쌓이고 구석구석 들어와 있어서 그럴 것이다. 30주기 추모제는 물론이고 그 이후에도 추모제에 참석할 것이다. 그날 하루뿐 아니라 내 삶의 구석구석에 작은 기억들을 묻고 조금이라도 나은 사람이 되고자 노력하기 위해서라도 꼭 그렇게 할 것이다.

"내 작은 힘이 타인의 삶에 윤기를 줄 수 있는 배려를 잊지 말고 한 순간도 머무르지 않고 끊임없이 역사와 함께할 수 있는 그런 내가 되자"

끊임없이 역사와 함께 할 수는 없어도 타인의 삶에 윤기를 줄 수 있는 배려를 잊지 않기 위해 노력하기 위해서라도 꼭 그렇게 할 것이다.

지금의 나를 있게 한
소중한 나의 20대에게

| 김소연 사학 11 |

"너 이거 보러 올래? 이날 시간 돼?"

새내기 시절 첫 중간고사를 마친 즈음, 동아리 선배가 대뜸 내게 팸플릿을 건넸다. 그 선배는 '우리 학교 프랑스어문학과의 김귀정 열사 20주기 추모제가 진행되니 되도록 왔으면 좋겠다'는 설명도 덧붙였다. 당시 나는 귀정 열사에 대해 전혀 아는 것이 없었지만, 가까운 선배가 공연을 선다고 하니 별다른 고민 없이 가겠노라고 했다.

추모제 당일, 나는 행사가 끝나면 좋아하는 사람들과 술자리를 할 수 있을 거라는 가벼운 기대를 가지고 600주년기념관 새천년홀에 들어섰다. 20주기 추모제여서 그랬는지 행사는 꽤 규모 있게 진행됐다. 안치환과 자유, 국카스텐 같은 유명한 밴드의 공연이 있었고, 날 초대한 그 선배도 귀정 누이가 그려진 단체

티를 입고 합창 공연을 했다. 생각지 못했던 추모제 행사 규모에 놀라움을 느꼈을 뿐만 아니라, 그렇게 많은 인원이 추모제를 준비했다는 사실에 일종의 신기함, 생경함을 느꼈던 것 같다.

무엇보다 귀정 누이 어머님의 진정성 있는 말씀에 마음이 먹먹했다. 그때 나는 비록 귀정 누이 개인의 삶이나 학생운동에 미친 영향력 등에 관해 아는 바가 없었지만, 어머님 말씀 한 마디 한 마디에는 마음을 울리는 무언가가 있었다. 꼭 자신의 딸이 다른 사람들에게 열사로 불리지 않더라도, 자식 잃은 부모의 마음이란 누구에게나 같으리라. 아마 그런 생각에 감정을 이입하게 되었던 것 같다. 게다가 그녀를 기억하고 기리는 수많은 사람이 한 자리에 모인 것을 보니, 한편으로는 다행스러우면서도 또 한편으로는 가슴이 먹먹해지는 것을 느꼈다. 아마 그곳에 있던 모든 사람들이 나와 비슷한 감정을 느꼈을 것이다.

집으로 돌아가는 길에 귀정 누이에 관해서 검색해 보았다. 이름 석 자만 적어 넣었는데도 여러 글귀와 사진이 떴다. 흑백사진이 아닌, 색이 덧입혀져 생기가 느껴지는 사진들도 더러 있었다. 참 고운 사람이라는 생각이 들었다. 살아 계신다면 엄마 또래일 것이라 생각하니 또 마음이 찡해 왔다.

이후 귀정 누이 말고도 우리 학교에 열사가 여럿 계신다는 사실을 알게 되었다. 특히 사학과에는 이윤성 열사, 가까운 국문과에는 최동 열사가 계셨다. 그때만 해도 열사란 존재는 참 멀게만 느껴졌다. 나 같은 평범한 사람은 결코 하지 못했을 의로운 일을 한 사람, 그리고 끝내 자신을 희생한 사람, 그래서 범접할 수 없는 사람 같았다.

그러나 점점 나이를 먹고 선배가 되어 가면서, 여러 현장을 오가며 활동을 하면서, 우리 사회의 일그러진 곳마다 열사들이 계신 것을 확인했다. 열사 없는 곳이 없다고 생각될 정도였다. 그렇게 숱한 열사들을 마주하면서 나는 '열사란 특별한 사람이 아니라 우리 같은 평범한 사람이었을 뿐이라고, 다만 불의에 맞서 싸웠을 뿐인 사람이라고, 그래서 우리 모두가 열사를 품고 있다고' 후배들에게 종종 이야기하곤 했다. 그런데 지금 생각해 보면 '정작 당시의 나는 정말로 그렇게 믿고 있었을까?' 반문하게 된다. 어쩌면 나도 마음속 저 깊은 곳에서는 열사를 멀찍이서 올려다보았는지도 모르겠다. 어찌 되었건 그렇게 수많은 열사를 지켜보고 또 지키는 일은, 나 자신의 활동을 이어 가는 데 동력이 되기도 했지만, 때로는 자기반성과 좌절의 계기가 되기도 했다. 그리고 그 모든 게 20대의 김소연을 더 나은 사람으로 성장시키는 데 크고 작은 도움을 주었다.

지금 나는 로스쿨에 재학 중이다. 변호사로 진로를 정했을 때 사실 걱정이 참 많았다. 학교에서 요구하는 최소한의 요건만을 겨우 충족했을 뿐, 입시생이라면 으레 갖춰야 한다는 스펙 하나 없었기 때문이다. 나이는 곧 서른인데 이렇다 할 자격증이나 대외 활동 경력도 없고, 오로지 학부만 8년을 다닌 사학과 단일 전공생. 학교가 별로 좋아할 것 같지 않았지만 어디 한 번 부딪혀 보자는 심정으로 도전하여 2년 만에 입학할 수 있었다. 지금은 다행히 그럭저럭 적응해 나가고 있다.

공부가 힘에 부칠 때면 내가 왜 이 길로 들어섰는지 되새겨 보곤 한다. '내가 만일 학부 시절에 그런 활동을 하지 않았더라면, 그런 선배들을 만나지 않았더라면 어땠을까? 여느 동기들처럼 공모전에 나가고 봉사 시간을 채우고 인턴을 나가고 자격증을 땄다면, 과연 나는 더 빠르고 쉽게 변호사라는 꿈을 이룰 수 있었을까?' 생각해 보기도 한다. 그러나 장담컨대 그렇지 못했을 것이다. 학부 시절 그러한 활동을 할 수 있었기 때문에, 그런 선배를 만났기 때문에, 비록 여느 동기들처럼 살지는 못했지만 이 길을 선택할 수 있었다고 생각한다. 만일 이 중 어느 하나라도 없었다면 나는 결코 법조인이 되겠다고 결심하지 않았을 것이다. 나이는 찼고 공부하는 것을 그리 좋아하는 편은 아니었으니까.

요컨대 20대 시절 나의 경험이 지금의 나를 만들었다. 나로 하여금 이 길로 들어서게 했고, 지금까지도 내가 나태해질 때마다 끊임없이 동기를 부여해 주고 있다. 내가 무엇을 지향하는 사람인지, 나는 어떤 것에 분노하고 또 무엇이 부족한 사람인지 알게 해 주었다. 그런 의미에서 나는 충분히 복받은 사람이라고 생각한다.

올해로 서른이 되었다. 코로나 때문에, 또 학업 때문에 20대 마지막 해를 충분히 만끽하지도 못했는데 야속하게도 시간이 너무 빨리 흘렀다. 귀정 누이가 학부생 때 일기장에 썼다는 짧은 글, 20주기 추모제에 날 초대했던 그 선배가 건네준 팸플릿에도 적혀 있던 그 글을 며칠 전 다시 읽어 보았다. 갓 스무 살이었을 새내기 시절과 서른이 된 지금, 이 글을 읽었을 때 느끼는 감정이 크게 다르지 않음을 느낀다. 그저 미래에 대한 불안이 조금 더 커졌을 뿐, 한 가지 확실한 것은 결코 나의 일신만을 위해 살지는 않으리라는 그 단순한 마음이다.

나는 좋은 '사람', 옳은 '사람'이 되고 싶은 사람이다. 30대에는 꼭 이런 내 마음을 작게나마 실현할 수 있는 사람이 되고 싶다.

"난 무엇이 될까? 10년 후에 나는 어떤 모습으로 세상을 살아가고 있을까? 난 나의 미래가 불안하고 자신도 확신도 없다. 하지만 한 가지 확실한 것은 나의 일신만을 위해 호의호식하며 살지만은 않을 것이다. 결코 그렇게 살지 않을 것이다."

열사의 정신을
이어 간다는 것

| 정진덕 불문 98 |

1991년으로부터 2021년, 김귀정 열사의 뜻을 못 이룬 지 어느
덧 30년의 세월이 흘렀다.

　1991년 4월 26일 백골단의 쇠파이프에 살해된 강경대 열사와
5월 6일 옥중에서 의문사를 당한 한진중공업 노조위원장 박창
수 열사의 죽음은, 노태우 정권에 맞서 수십만의 청년학생과 노
동자들이 거리로 쏟아져 나온 거대한 아래로부터의 대중투쟁을
촉발했다. 이 5월의 투쟁에서 많은 투사들이 분신으로 저항했고
무자비한 공권력에 목숨을 잃었다. 안타깝게도 그 속에서 김귀
정 열사도 운명을 달리했다. 1991년의 5월은 그야말로 죽음의
정국이었다.

　노태우 정권은 1987년 6월항쟁과 7·8·9월 노동자대투쟁에
밀려 양보했던 것들을 빼앗기 위해 국가기구를 폭력적으로 동원

288　귀정, 추모에서 일상의 기억으로

했다. 1990년 '범죄와의 전쟁'을 선포하고 공안정국을 조성해 하루에 3명 꼴로 투사들을 구속하는 등 탄압을 이어 갔다. 1991년 5월의 투쟁은 '해체 민자당! 타도 노태우!'를 구호로 청년학생들과 노동자들이 중심이 돼 87년 6월항쟁의 유산을 지키려는 투쟁이었다.

그런데, 강경대 열사의 죽음 직후 꾸려진 '(고 강경대 씨 폭력살인 규탄과 공안통치 종식 범국민)대책회의'에서 신민당의 김대중은 노태우 정권 퇴진에 반대하면서 노태우 정권의 숨통을 틔워 주었다. 대책회의의 많은 단체들이 김대중을 비판했지만 김대중과 독립적으로 노태우 정권과 맞서려 하지는 않았다. 학살자 노태우는 임기를 채우고 퇴임했다. 1995년에 이르러서 학생들의 투쟁이 다시 부활해 노태우를 전두환과 함께 법정에 세울 수 있었다.

운동의 전진과 효과적인 승리를 위해 진보 진영과 노동자운동이 민주당으로부터 독립적이지 못하면, 과거의 비극을 되풀이할 수 있다는 점을 명심해야 한다.

2016년, 우리는 박근혜를 끌어내리기 위해 위대한 촛불항쟁을 벌였다. 박근혜 퇴진운동은 10월 29일 서울에서 시작됐고, 11월 12일 15만 명이 모인 노동자대회를 통해서 규모가 비약됐다. 그리고 12월 초 230만 명이 참여한 역사상 최대 규모의 반정부집회가 열렸고, 마침내 박근혜를 끌어내렸다. 이 퇴진운동의 연단에서 결코 환영받은 적이 없었고 주도권을 가지지 못했던 민주당은 탄핵안 통과라는 의회 절차로 퇴진운동의 정치적 주도권을 가로챘다. 그리고 그 결과 박근혜를 대신해 탄생한 것이 민주당의 문재인 정권이다.

집권한 문재인은 적폐를 청산하기는커녕 새로운 적폐를 만들고 대중의 개혁 염원을 개혁 배신으로 맞받았다. 정부는 또다시 세월호 참사의 진상 규명을 요구하는 유가족들을 기만했고, 유가족들은 다시 거리에서 삭발을 했다. 목이 잘리는 끔찍한 사고로 숨진 하청노동자 김용균 씨와 같은 죽음을 막기 위한 '중대재해기업처벌법'은 누더기가 된 채 통과돼 '재해기업보호법'이라는 비아냥을 듣고 있다. 이뿐만 아니라 비정규직의 정규직화 약속 배신, 정권의 부패 의혹 덮기, 부동산 가격 폭등 등 열거하기 어려울 만큼 배신의 사례가 너무 많다. 그리고 더 섬찟하게도 문재인의 개혁 배신은 지금도 진행형이다.

코로나 19로 인해 고통받는 노동자와 소상공인을 비롯해 장애인, 이주민, 성소수자 등 차별받는 사람들의 경제적인 고통은 날로 커져 가고 있다. 그리고 심지어 박근혜 때조차 들어 본 적 없었던 '벼락거지', '빚투', '영끌' 등의 신조어들이 이 시대 청년들이 처한 고통의 현실을 대변하고 있다.

우리는 역사의 과오를 되풀이하지 않기 위해 노력해야 한다. 불평등하고 불공정한 사회를 바꾸기 위해 민주당 따위에 우리의 운명을 맡기는 것이 아니라, 최근 택배노동자들이 보여 준 아래로부터의 저항과 같은 투쟁의 건설과 조직이 필요하다. 그리고 노동자들의 투쟁의 역사는 사회 변화의 가능성을 보여줘 왔다.

우리는 역사로부터 배우고 실천에 옮겨야 한다. 이것이 진정으로 노동자가 주인되는 세상, 자주민주통일 세상, 김귀정 열사가 꿈꾸었던 세상에 다가가는 길이고 열사의 정신을 계승하는 길이다.

다시,
새로운 다짐

| **홍승범** 교육 10 |

김귀정 열사를 10년 전 학교에 입학해서 처음 알게 되었습니다.
과방에 걸려 있는 열사의 사진을 보고 한 선배에게 물어 보았고,
'공안통치에 맞서다 돌아가신 분'으로 그렇게 막연하게만 알고
있었습니다. 아무것도 모르는 새내기였던 저는 선배들을 따라 투
쟁 현장에 나가고 학습을 하면서 조금씩 세상에 눈을 떴습니다.

열사가 돌아가신 지 스무 해 가까이 지난 그때에도, 여전히 학
생들은 정부와 학교의 부당함에 맞서 싸우고 있었습니다. 그 당
시와 비교할 수는 없겠지만, 때로 경찰은 과도한 폭력으로 우리
들의 정당한 투쟁을 진압했습니다. 최루액이 섞인 물대포를 맞
았을 때는 정말 무서워서 정신없이 도망가기에 바빴고, 그러면
서 비로소 김귀정 선배를 비롯한 열사들의 행동이 얼마나 용기
있었던 것이었는지 깨달았습니다.

2학년이 되어 학생회 활동을 시작했을 때는 당황스러운 일이 많았습니다. 당시에 이른바 운동권 학생회를 비난하며 이제 학생회는 정치적 목소리를 내서는 안 된다는 어이없는 주장을 하는 세력이 있었고, 심지어 이들이 학우들의 지지를 받아 학생회를 집권하는 일이 다분했습니다. 김귀정 열사를 비롯해 불의에 항거하며 산화해 가신 선배들께 면목이 없어 도무지 할 수 없는 발상이었습니다. 결국 저도 단과대학 학생회 선거에 도전했지만 운동권은 이제 안 된다는 '비원' 세력에 패배하고, 과 학생회장을 역임하며 단대 학생회와 무던히도 싸웠습니다. 그리고 적극 학우들을 설득해 투쟁 현장에 나가면서 학우들의 인식을 바꾸기 위해 노력했습니다.

가끔 왕십리역 앞을 지나며 장사하고 계시는 열사의 어머님을 뵐 때면, 부당함에 굴하지 않고 투쟁했던 열사에 대한 기억으로 자랑스럽다가도 자식을 가슴에 묻고 사셨을 어머님 생각에 목이 메고는 합니다.

2021년 김귀정 열사 30주기, 여전히 학교의 주인은 학생이 아니고 국가의 주인이 민중이 아닌 현실입니다. 다시 한 번 열사의 정신을 되새겨 투쟁에 박차를 가해야겠다는 다짐을 하며 다가오는 새해를 맞고자 합니다.

열사에게 보내는
후배의 답장

학생회관 4층에 올라가면 정면에 큰 흑백사진이 있었습니다. 사진 속 사람이 누구인지 동아리 선배에게 물어보니 김귀정 열사라고 알려 주었습니다. 새내기 때 처음 간 마석 모란공원에서 김귀정 열사를 만날 수 있었습니다. 추모제에서 나눠 준 소책자에 실린 김귀정 열사의 일기를 읽어 볼 수 있었습니다. 그중 다음과 같은 내용이 가장 마음에 와 닿았습니다.

> 날마다 반성하고 날마다 진보하여
> 진실한 용기로 늘 뜨겁고
> 언제나 타성에 빠지는 것을 경계하며
> 모든 것을 창조적으로 바꾸어 가며
> 어떠한 시련도 이겨 낼 수 있고

내 작은 힘이 타인의 삶에 용기를 줄 수 있는 배려를 잊지 말고

한 순간도 머무르지 않고

끊임없이 역사와 함께할 수 있는 그런 내가 되자.

그래 한 순간도 머물러서는 안 된다.

난 무엇이 될까?

10년 후에 나는 어떤 모습으로 세상을 살아가고 있을까?

난 나의 미래가 불안하고 자신도 확신도 없다.

하지만 한 가지 확실한 것은

나의 일신만을 위해 호의호식하며 살지만은 않을 것이다.

결코 그렇게 살지 않을 것이다.

그리고 10년이 훌쩍 넘어 15년이 흐른 지금, 다시 이 글을 읽으면서 저 자신을 되돌아봅니다. 노동문제연구회 동아리를 거쳐 이주노동조합에서 활동하다가 개인적인 이유로 지금은 작은 건축회사에서 일하고 있는 나의 삶은 어디를 향하고 있는지…. 그 답을 찾지 못해 답답한 날들이 많았습니다. 그러다 오랜만에 대학교 선후배들과 이야기를 나누면서 그런 생각이 들었습니다. 내가 하는 일도, 나를 둘러싼 주변 환경도, 많은 것들이 바뀌더라도 내가 가지고 있는 사람들과의 관계를 잊지 않는다면, 그 안에서 나답게 살 수 있는 게 무엇인지 같이 이야기할 수 있다면, 그리고

내가 좋아하는 이 사람들의 활동에 어떻게 하면 힘을 보탤 수 있을지 고민을 놓지 않는다면, 아주 큰 의미를 부여하지 않더라도 내 삶이 건강할 수 있겠다는 작은 희망이 떠올랐습니다.

그래서 김귀정 열사가 남긴 일기에 보내는 후배의 작은 답장이라는 생각으로 두서없이 글을 쓰게 되었습니다. 앞으로 어떤 삶을 살아야 할지, 내가 무엇을 할 수 있을지, 김귀정 열사처럼 나의 일신만을 위해 호의호식하면서 살지 않는다는 것이 무엇인지에 대해 내가 믿는 사람들의 손을 꼭 붙잡고 계속 찾아보려고 합니다.

김귀정 열사 30주기를 맞이해서 더 많은 사람이 열사를 기억하는 2021년이 되었으면 합니다. 저도 함께 기억하겠습니다.

일상에 그녀가 있다

| **임인정** 사학 92 |

1991년, 난 지방에서 재수를 하고 있었다. '열사 정국'이라 불리던 그해 1991년은 내게 남의 세상이었다. TV를 통해 시위하는 모습을 보고, 시위 도중에 사람들이 죽어 나간 소식을 들었다. 그러나 내가 직면한 현실이 더 고되다는 생각에 그렇게 귀 기울이거나 눈 똑바로 뜨고 세상을 보진 않았다.

성대에 원서를 내면서 처음으로 지하철을 타고 혜화역 4번 출구에서 내려 택시로 학교 운동장까지 갔다. 그때 택시 기사님이 은근 비웃음을 날렸던 것이 기억난다. '이런 가까운 길을 택시를 타다니, 촌년' 하는 쎄한 느낌으로.

그렇게 성대 92학번이 되고, 김귀정 열사를 만났다. 91년을 겪지는 않았지만 선배들을 통해 당시 상황, 열사의 삶과 죽음의 의미 등에 대해 주입식 교육을 받았다. 주입식 교육은 생각보다 효과적이었다. 한국 사회 교육 현실을 직접 겪은 터였으니.

거의 해마다 5월 마지막 일요일 즈음에 묘소참배를 갔다. 마석 모란공원, 그리고 이장 후엔 이천 민주화운동기념공원으로. 언제부터인지 정확하게 기억이 나지는 않지만 어머님께 세배도 드리러 갔다. 이문동 댁으로, 귀임 언니 식당이 있던 왕십리로, 성동 도시락집으로, 아드님인 종수 씨 집이 있던 의정부로, 다시 이문동으로….

그렇게 김귀정 열사와 어머님, 그 가족들은 나에게 일상이 되었다. 그리 살가운 성격이 아니어서 자발적으로 연락 드리고 찾아 뵙지는 못했지만, 매년 설과 5월 즈음이면 몸과 마음이 그곳으로 향했다. 다른 이들에 살포시 묻어서.

10주기, 20주기, 그리고 30주기…. 열사의 어머니 김종분 여사의 고희연과 산수연을 지낸 세월, 30년이라는 시간은 나에게 어떤 의미였을까?

그리운 이의 생사를 확인하고, 불의에 대한 저항에 연대하고, 인간에 대한 예의를 차리는 것 그 이상이 아니었을까? 그 시간을 관통해 온 사람들과 함께 나이 들어 점차 염치 없어짐을 반성하고, 또 새로운 세상을 향해 나아가 보자고 서로 토닥였던…. 이런저런 행사를 치르고 만남을 계속 이어 오면서 서로에 대한 이해의 폭도 넓어지고, 별스럽지 않았던 오해도 풀고, 소원했던 관계도 개선하고, 잘 몰랐던 이도 알게 되고…. 그 시간은, 그녀는 나에게 보편적 가치를 일깨워 주었다.

막상 글로 풀어놓고 보니 모든 게 무덤덤한 느낌으로 다가온다. 늘 이랬던 것 같다. 의미도 상징도 아닌, 내 생활의 일부였음을 다시 자각하게 된다. 생각 없이 사는 나를 돌아보게 한다.

그래서 결론, 그녀가 일상이라 고맙다.

늘 현재를 살아서 좋다.

5년, 15년, 25년, 50년… 앞으로도 쭉.

귀정,
추모에서 일상의 기억으로

2021년 5월 25일 초판 1쇄 발행

엮은이 | '귀정 2021' 준비위원회
　　　　공동준비위원장 _ 기동민 · 김아란 · 윤정모 · 이기영 · 이덕우 · 이두식
펴낸이 | 노경인 · 김주영

펴낸곳 | 도서출판 앨피
출판등록 | 2004년 11월 23일 제2011-000087호
주소 | 우)07275 서울시 영등포구 영등포로 5길 19(양평동 2가, 동아프라임밸리) 1202-1호
전화 | 02-336~2776 팩스 | 0505-115-0525
블로그 | bolg.naver.com/lpbook12
전자우편 | lpbook12@naver.com

ISBN 979-11-90901-27-7